泡
裸木
川崎長太郎花街小説集

kawasaki chōtarō
川崎長太郎

講談社 文芸文庫

目次

裸木

宮町通り

解説

年譜

著書目録

齋藤秀昭

齋藤秀昭

齋藤秀昭

一五九

一九九

二三三

二三八

二六一

泡／裸木

川崎長太郎花街小説集

君弥の話

　君弥は母親の懐にいる時から、母親に邪魔もの扱いにされた子供であった。彼女は生れ落ちるとすぐ里子にやられたが彼女が小学校に通うようになっても、その親達は彼女を引き取りに来なかった。君弥は今でも実の親の顔を知らないのであった。

　彼女は横浜の尋常小学校を卒業するとすぐ、港から十里西の海岸町の福本と云う芸者屋へ百円で売られて来た。下地っ子として彼女は三味線や唄をねえさんから教えられたが、生れつき小手先の無器用な彼女は、握ったバチをどうしても思うように動かす事が出来なかった。少しも思うようにひけない君弥に、相手のねえさんが癇癪を起し、バチで彼女の額を打ったりして、三味線のお稽古と云えば死ぬ苦しみであった。彼女はこの世の中に三味線と云うものが存在しているのをどんなに憎んだか解らなかった。その三味線と云えば、もう一つ彼女にとって苦の種であった。見番からそこの芸者の名が指されて来ると、座敷着に着換えたねえさんについて、ねえさんの三味線を彼女は下げて、行く先の待合まで一緒について行くのであった。そうした時待合の女中や何かから君弥はよくあいの子だ、あいの子だと云ってひやかされるのが小さな彼女にとっては身を斬られるように辛かった。髪をおさげにして、真珠色をした顔に、二重瞼の丸い大きな眼があって、瞳の色は別に変ってはいなかったけれども、どこか日本人離れのした彼女の面影だった。

君弥と名がつけられ、髪を重い島田に結って、彼女がお座敷に出始めたのは十六の三月だった。名は芸者でも、三味線は都々逸ひとつひけず、踊りもこれと云って出来ない彼女は、その日からでも、荒れた男の欲情に一夜いくらと云う金で身を任せる類の芸者になり、既にその時は彼女の体は千円と云う借金を背負されていた。横浜の養父は貿易商に失敗してからは、酒ばかりのんで、来る日も来る日も左前になって行く稼業の方はほったらかしに、家をあける事の多い人になっていた。その養父はよく海岸町の福本にやって来た。福本の主人とは古くからの友達でもあった。そして来る度に五十円百円と云う金を持って帰るのだったが、その金が一つ一つ君弥の体をしばる鎖となるのであった。実の親は別にあると知って居る君弥は、養父のそうした仕打を別段恨もうとは思わなかった。生みっぱなしにして、どんな理由があるにせよ、自分と云う子供に一度も会ってくれようともしない人間より、赤児の時から育て上げた養父の方がどれ程有難いものに思われているか知れなかった。四十いくつと云う男盛りに、白毛染めをして、時には酒臭い息をしながら芸者屋の格子をあけてひょっくり這入って来る養父を、君弥は「お父さん」と声をかけて、顔にはそれと解るような恨みの色を一度も見せた事はなかった。この人への恩返しに自分は芸者になっているのだと云うふうに彼女は考えていて、その義理に身を捨てて生きるのは、誰かにほめてもらえる可憐な事のように感じられ、そこに生き甲斐のひとつを見つけてもいた。

その君弥に私が始めて会ったのは、四年前の初夏であった。友人二人と一緒に上った料理屋で、誰か一人と云った時やって来たのが彼女であった。彼女は友人に催促されて三味線をかかえたが、バチと糸がじれったい程あわないので、友人はそれでも芸者かとどなり出した。しかし君弥は案外まいったと云う風は見せなかった。客からそう云う侮辱の言葉を聞き倦きて今ではたこが出来ていると云ったような顔をして、三味線を投げ出し、舌の短かい為めに、甘くも弾んでいるようにも聞える言葉を、ピアノをたたくように連発させるのであった。そして帰りがけ、三人の口からは不見転《みずてん》にしては珍しいキレイな妓《こ》だと云う嘆声が洩らされたのであった。その後ひと月ばかりの間に私達は君弥を三度程よんだ。

その頃私は一年程一緒にいた妻と呼んでもいいような女と別れ、些かな勤口も失い、東京から気の抜けてしまったような体を故郷の海岸町に運んで来て、前途に雲を摑むような不安を抱きながら、気まずく実家のめしを喰っていた。友人も同じような失意にあって、よく酒をのみ、払いが出来ず一人が人質にそこの待合に居のこりして来ると云った、無茶な遊びをしたが、そんな遊びの先は見えた話であった。

ある日、私は所々裏打ちのしてある綿セルを着て、桜の若葉の濠端を歩いていた。と、うしろに若い女の話し声を感じ、ものほしそうな目で振りかえると、六月なかばと云うにもうゆかたを着ている君弥ともう一人の芸者の姿を認めた。私の頰は瞬間ほてるようであった。君弥とはかれこれひと月近くあっていなかった。私はもじもじと彼女等に近よって行き、伏目がちに、どこへ行くのと云うと、君弥は小峯公園の方へと答えた。私は一緒に行こうと追っかけて云ったが、君弥はふっくりしたあごを胸につけるようにしただけだった。しかし私は彼女等にくっついて行った。

城趾のほとりを過ぎ、二宮神社の境内を裏に抜けて、若葉が打子ガラスのようにきらめく路を行けば丘に三方を取りかこまれた公園は近かった。丘の西北隅には海岸町出身の詩人北村透谷の記念碑があった。雑草を頭にした自然石の一つには、島崎藤村の碑文が記されてあった。透谷碑を前にした木造の粗末なベンチに私がかけた。君弥の隣につれの女がかけようとした時、下女のような顔をした彼女は、ゆかたの尻がよごれるのを気づかった。

目の前は若葉青葉の盆地であった。盆地の東寄りは丘が町の方へ流れて低くなりかけていて、その肩のような所から海の一部が青く眺められた。そよ風にはむせるような木の葉の匂いがした。ゆかたに包まれる君弥の胸元には十六歳の娘のようなふくよかな香りがある。

「君なんか家にいて退屈な時は何《な》にしてるの？」

「私、お人形さんを箪笥から出したりしまったりして遊ぶの。」

「えっ。お人形さんが好きなの。」

「ええ。」

と、聞き手を意識しないような爽かな君弥の言葉であった。そして彼女の愛しているお人形の形などをさえずるような調子で云い出すのである。彼女が小さな文学少女で、よく藤村の詩集など読むと云う事は前に聞いていたが、人形を弄ぶとは全くの初耳だった。夜になれば、どんな客でもいやと云う口を塞がれて、不見転の荒稼ぎに肉体の蝕まれて行く彼女が、そんなままごとをしてようとは、私には奇蹟のようであった。

神社の石段づたいに丘を下りて、梅の木の散っている傾斜面に私達はしゃがんだ。房々と黒髪のようにのびた雑草の中に、白い小さな花を摘んだ。私が自分の摘んだ花を君弥にばかりやるので、いも虫のような恰好をした女はそれを嫉いてみせた。三十になり、生活の疲れにくぼんだ眼をしている私は、面前に廿歳の春の夢をたきながら、あちらこちらと小さな白い花を探すのであった。

その年の秋、私は又生活を求めて上京し、君弥は箱根強羅にある福本の支店に移った。

それが去年の暮、私は三年ぶりで、彼女を宮小路と云う待合のたてこんでいる海岸町の通りで見たのであった。彼女は私と云うものを一寸思い出せないと云う風であった。私も彼女が成長していっぱしの女になったのにいささか驚き顔であった。体も小男な私と同じ位に大きくなり、何時も着物の併せ目がだらけていたような感じの肉体が、きりっとしまって見えたし、美しい眼は相手に喰い入るような尖りを現わし、細面の頬がこけてあごが痛々しいまでに突き出ていた。それは総体に事実の年齢より五つ六つもふけたような感じのものであった。その時はふたことみことで別れ、年があけると矢張り宮小路の往来で、白襟につまをとって急ぎ足の彼女を見かけると今度は向うから、新年の挨拶をし、私の眼の中を覗きこむようにして行き過ぎた。

私の新年は嘘にも目出度くはない筈であった。暮に私は父を失った。彼は五十四歳の若死で、長男のならいを破って家を飛び出した私は、自分でも身の細る苦労を友に十三年の月日を送ったのだったが、父にも並々ならぬ心配をかけて何等報いる事もなく、彼と永久の別れをしたのであった。その父を亡した空虚さと生来の遊蕩気から、私は二十七日も過ぎないのに酒をのむようになり、酔って待合に行って、千丸と云う芸者に迷い出したのであった。私の迷いは三月と続かなかった。せち辛い世の中では自分の色恋に一切を打ち忘れる自由はなかった。私は歯を喰いしばって待合行きを断念した。当の千丸も、私に格別の好意も、商売気から出る手管も用いない女で私の恋は殆んど片恋の儘に終ったが、その一件はそれとして、一月二月三月の三ケ月の裡に私は、千丸の外の座敷に出ていてどうしても来ない時、その身代りのように君弥をよんだのであった。小峯公園の思い出なつかしく彼女と話しもし小学生の唱歌などを合唱したのであるが、千丸が一緒の時は、目に見えて彼女は私にとって光りのない只の女と変るのであった。

こんな事があった。友達と喫茶店に行っていると、君弥と背広を着た二十八九の丸顔の、おとなしそうな青年が一緒に這入って来た。君弥とその男は口数少なくトーストパンを食べ終ると、君弥は私にはばかるように、すごすごその店を出て行った。それから三四日して私は待合に行き、千丸をと云ったが、外の座敷に出ていると云うので、例の如く君弥をと云うと、彼女はすぐにやって来た。酔っていた私は、岡焼半分に、この間の男はあれは旦那かと糺すと、彼女は待ってましたと云うように、彼女一流の舌の短かいながら立板に水を流すような調子で、あれはパトロンではない、私の恋人である、お互に夫婦約束してある間柄なのだ、彼は隣県のある豪家の息子で、土木技師だが、彼の母が二人の関係に反対で向う三年間二人の仲を割くような態度に出ると宣言しているけれど、その弾圧に負けまいと二人は誓い合って離れまいとしている、と私の聞きもしない事まで話の手を拡げて自分の恋愛を真正面から紹介する君弥には私も聊か《いささ》顔まけの体であった。そしてつまらない嫉妬心も手伝って君弥に、母の反対を押し切れそうな強い男のようにこの間は見受けられなかったが、お前はあの人を本当に頼りになる男と思っているかなどと、私は余計つまらない駄目を二三押して見たが、彼女は私の言葉など目に触れないように、この恋の勝利を信じもし、それを祈りもしているような口振りだったが、それを云う時の眼がどこか浮いていた。芸者の恋のはすっぱさが私には感じられるようであった。そんな一途な恋を生き貫くには、彼女の体が既にだらしのないものになっているようにも見受けられた。自分の恋を語ったその口がまだ乾いてもいない筈なのに、彼女は十四日に東京へ遊びに行かないかと云った。自分はその日行かなければならない用事があるから、私に一緒に行かないかと軽くさそいかけるような声であった。その十四日は、私にとってあいにくと父の四十九日でもあった。

桜時になった。海岸町の寄席に長唄のおさらいがあって、赤いけっとうの上で連獅子をひく絵になったような千丸の姿を、ひと月ぶりで眺めた私は、そこを出ると自分でも仕末におえないような悪酔いをした。

それから一週間ばかりたった夜の十一時過ぎであった。濠端に並ぶ桜にはさまって、ぼんぼりの影が生あたたかい夜気の中に艶々しく浮いていた。そこを洗い髪にして一層溶けるようにまでしなやかに見える君弥と私は歩いて行った。人通りも殆んどなくなって、思い出したように白い花びらが散っていた。

「おい、君ちゃん、千丸にばけてくれないかなあ。」

「私、魔法使いじゃないから駄目。そんな事出来るなら芸者なんかしてないわ。」

「お前と歩くより、千丸とこうして歩きたいんだよ、ハハ。」

「お気の毒さま。」

私もいくらか酔っていた。惚れた弱味で、千丸は頼んでも夜桜など見に出て来はしないと私には思われて、この君弥を代玉にしているのである。私も他愛なく牛を馬に乗り換えかねないような多情不頼の男だった。

「俺は千丸が憎いよ。ハハハ。」

「そりゃあ千丸ねえさんに恋しているからよ。」

「そうかもしれないね。しかしよく俺はお前に片恋の切なさを語り、お前は得恋を語ったね。」

「それがね、私も男を憎らしい恨めしい、とこの頃思うようになっちゃったの。」

「どうしてなんだ。」

「何時かお話ししたあの人ね。何んだか、どことなく信じられない人のように思われて仕方がないの。」

「ああ、あの恋人かね。フン。」

「私、本当に信じられる人がほしいわ。その人の為めに売られるような事になっても、本当に信じ切って居られるような人が。」

「フン。」

「私達の仲、間もなく怪しくなりそうなの。あの人は遠くに居るし、しょっちゅう会えないのが一番いけないのね。あの人のそばにはお母さんがついているし……。」

「そしてお前には沢山のお客がとりまいてるし。ハハハハ。」

「私、この後十年たって、いいママになれそうにないと解ったら、無理心中でもなんでもして死んじまうわ。」

「お前は時々びっくりさせるような事を云う女だね。いいママになりたい？　いいママに！」

「ええ。それだけが望なの。あなたそんなに私をアバズレ女だと見ていて？」

嘗《かつ》てのお人形の話。今又きくいいママになりたいと云う心。姿は芸者だが君弥は普通の女だった。しかし彼女の纏う座敷着が重い。いいママになる為めにはたるんだ頰におしろい焼けがひどすぎもしよう。

彼女の養父は四月三日に脳溢血で死んでしまった。都合二千円の借金を彼女は背負って、彼女は養父に対し、貸借のないような気持でいるが、自分の誕生日に死なれたのには弱ったのであった。


（「蠟人形」昭和九年六月）

うつつ

待合宝石の小座敷で、半玉みどりの口から、千丸が今夜から出ていると云う事を聞かされると、一議に及ばず、彼女をと、註文して、鸚鵡返しに女中の、すぐ来ますと云う返事に、私は子供のようにそわそわし始めるのであった。暮の二十日頃帰省してから二度程私は友達と待合に出かけたが、用事との由で千丸を見る事が出来なかった。なんでも秋の終り頃から病みついてこの頃ではやっと座って居られるようになったものの、お座敷へは年が明けてからでなければと云う風聞もその後私は耳にしたが、新年三日の今日になっても、出て居ない、五日過ぎないとむずかしいらしいと云うような事をここの女中始め、先程寄った別の待合でも述べて居た矢先に、この吉報であった。みどりは吉田屋の妓《こ》で、千丸はそこの女将なのであるから、彼女が千丸の上は第三者より遥かによく知っていたのに相違なく、誰でもいいから半玉を一人とかけると、偶然みどりがやって来た所にその幸運の前触れがあるようでもあった。扨《さて》千丸は人口三万に満たない海岸町でも一流所の芸者屋の女将で、当年とって二十四になる本名をりん子と呼ぶ女で、さる事情から名実共その位置になおってまだふた月とはたって居ず、彼女の周囲には死んだ義母の妹にあたるもの、吉田屋に古くから居る芸者そう云った後見人が三四人も控えていて、正月から病み上りの体を押しても座敷つとめをしなければならないほやほやの女将だった。この千丸を私は四年前に始めて知り、知った時から好きになったのであった。それが昨年、実家の都合上、私が半年も海岸町に居る事を余儀なくされ、実家の金を持ち出しては遊びをはじめ、かねての千丸を呼びつづけた。最初私のメートルは相当のぼり、千丸が心配のあまりそれとなく私に忠告めいた事を洩した程だったが、一晩に多く使っても十円を出でず、屢々《しばしば》友達とわりかんで行ったりするしみったれた遊びようは、分に応じて破目を外さず、私の彼女に対する恋心も不発弾に終り、結局もじもじ状態に終始したのであった。そして今だに私から千丸の根が切れなかった。

その千丸は私にとって、一種絵姿のようでもあった。彼女の無口は有名で、感情の泡を外へこぼさないようで、おかしい時でも声をたてる事は滅多になく、中背のよく整った四肢は目立って骨細で、肉ののりが浅く、肩や腰あたりのこけ過ぎた体は何時も上水《うわみず》をのんでいるみたいに影が薄くて、その体内をめぐる血液は普通のそれより水っぽいと云うより寧ろ氷を聯想させるものがあった。ばらばらにしてみると派手な目鼻眉を持って居るのだが、見た目には痩せているので、厚化粧の底にも枯葉のようにすじばったかさかさした皮膚が感じられるので、何か日陰の美人と云いたい面長の顔など、総体影をもった美しさで彼女は私に逼《せま》るものがあった。この水気のかれかけた派手さが、エロ味のふせられた色っぽさが私には身に沁み沁みと沁みたのであった。彼女は町一番の踊り手とかで、長唄も得意らしく、私の野暮な耳にも彼女の糸捌きは冴えた音色をつたえ、わけても彼女の唄声はこれ又枯れ野を通る清水のひとすじのような風情で、その他もろそうな肉体を支えている弾力的な細かく強い神経、勝気そうな気性、もとより彼女も女であるから数々の欠点を持っているだろうけれど、その方を数え上げるのに、惚れた私は余程手間をとらなければならなかった。この千丸は女将になおる身とあって、両三年は荒稼ぎを止め、東京の商事会社の旦那一人を守って来たが、その方も手を切り、今や芸者屋の男主人たるべき者を物色しているのであった。もとより私は芸者屋の亭主たる椅子をねらって通った訳でもなかった。人情で、出来れば千丸を自分の妻にしたいと思う所までは行ったけれど、思っただけでそこからひき返して来た、月に三四度と未練に彼女を見に行ったのであった。最初のひと目ふた目は相当気を許したようなふりをして見せていた千丸も、私が行く事を渋り出すと、目に見えて冷淡になり、もう今日限り来るなと云うような素っ気ない態度をとった。そして以前は往来などで会うとすんなりした体一杯にはにかみを見せて挨拶して行ったのを、夏が来る頃には出合頭になっても知らん振りをした。手の裏を返したような千丸の仕方も私にはわかりかねたし、今になってそんな風をふかすなら、自分に写真を呉れようとしたり、遊ぶなと注告したり、一緒に鳩ポッポまで唄ったか、と私は女心のそれはもとより軽い触合いであったにせよ、その根のなさを恨みたいつかぬ気にもなってみた。

その頃ある晩、待合清川へ行ったのであった。私はこの待合でもそろそろ鼻つまみものになって居た。十日に一遍一週間に一度のケチな遊び方はまだしも、女中共には千丸千丸と云って海岸町には千丸以外の芸者も女も居ないと云ったような私のたわけ加減が見て居られないのであった。来るとすぐ千丸と云う。千丸がもらえないと定ると、いくらとめてもさっさと帰ってしまう。そっぱで人のよいそこの女中頭がとうとうこらえ切れなくて私を二本ン棒と呼び捨てたが、もとより何んと云われようと私は意に介し得なくなって居るのであった。その時、上るとすぐ今夜は丁度梅の間に千丸がいるからきっと来るだろう、安心だと女中頭がとり持ち顔であった。所がそれがはずれてしまい、女中が三度かけ合いに行っても駄目なのであった。とうとう女中の方が尻を割って、千ちゃんもあんまりだ、あんたの鼻の下にもあきれると、泣き出しそうにしぶっている私をこづき廻すのであった。私はビールをのみつつ、すぐそこから聞えて来る芸者共の唄の中からその声らしいものを探した。

「みどりさん、お前はいい子だ。桃太郎の話をしてやろう。」

と、私は細い目を一層細くして

「昔、昔、ある所にな、お爺さんとお婆さんがあったとよ。」

玩具を貰った子供のように私の口は解けて行った。瀬戸の火鉢を間にし、きちんと座っているみどりの帯からは、顔より大きそうな赤い扇が覗かれて居る。ぱっちりした大きな目には冴えた光があり、田舎娘らしくふくらんだ頬は枝をつけた果実の瑞々しさだった。しかしこの子は、自分の親にしてもいいような男の童話を只まんじりともせず聞くだけだった。

「お婆さんが洗濯していると、川上の方から西瓜程もあるでっかい桃が、ドンブリコ、ドンブリコって流れて来るんだ。」

「桃太郎さんの話なんか面白くないわ。」

癖らしくみどりは、くくれた頤《あご》をしゃくり上げるようにして云った。

「そうか、何をやろうかな。」

私は、茶餉台《ちゃぶだい》の盃を一口して

「じゃ、犬の啼き声をしてみようか。」

「犬は面白いねえ。」

「チンコロだ。ワンワン、ワンワン。」

みどりは小さな胸をそらして笑いこけた。私は口を尖しその声を続けていると、唐紙襖があいて、桐胴の火鉢をかかえた女中が這入って来た。こう云う所の女中らしくなく、世

帯臭いじみなつくりの中年女は

「只今まいります。」

と、云って立ちかけるので

「みどりさん、君何か喰べないか。」

「わたしいいんです。」

「蜜豆でも。」

「いいの。姐さん、これ。」

と、短かい太い指で麦蕎色のちょうしを握ってみせた。

千丸が聴《やが》て入口に現われた。先き程の女中が大きな座布団を持って来て

「体がよくないんですからひかしてやって下さい。」

と、私の眼を抑えるので、私は頷いてみせた。座布団に座っても彼女は「おめでとう」ひとつ云わず、私もその月並をこちらから切り出したいとも思わなかった。半年ぶりに見る彼女は、もともと細面のそんなに瘦せたらしい様子はないものの、頰骨がいかり、大島田に結った額あたりが石のように堅かった。蔦を半分見せた五つ紋の裾模様、勅題にちなんで鶴を織り出した半襟、赤い絞りのしごき、そんなものに装われた体は一入《ひとしお》寒むそうであった。

「まあいっぱい。」

私は盃洗の中からひとつを摘み出すと

「わたしなんにもいただけないの。」

と、かすれた細い声で云って、義母ゆずりの大きなダイヤが光るかぼそい指にちょうしをとった。

「今日から出たの。」

「ウン。長患いだったってね。」

云いたい事が沢山あるようで、実は云いたい事が言葉になって私の口から出ない。

「この子は君のしこみだけあっていい子だよ。」

と、そっちの方へ話を持って行くと、千丸は、みどりの方を一寸みやり、かすかに紅の口元を動かした。それだけで又こけた頰を冷え冷えとさせ黙ってしまう。私には彼女の芸者らしくない無愛想とも見られる無口が、ついにしまりのない自分にひき較べても好ましいのであった。たまに彼女がぽきりぽきりものを云い出すと、大多数だとかインテリだとか耳ざわりの悪い言葉がまじりたがりせっかくのふくみをこわす事もあるので、私は彼女の無言を貴いものとし、その彼女を前にすると自然私もものを云う必要を失うのであった。誰とでも出来る話を千丸としたくはなく、かと云って彼女とだけする話を持ち合わせなかった。だまって彼女の顔をみて居るに越した事はないようであった。

「おじさん、さっきの桃太郎の話をしてよ。」

と、横からみどりのさかしそうな口だった。

「ウン。昔、昔、ある所にお爺さんと……。」

私はやり始め、千丸も含み笑いで聞いて居たが、私の息は長く続かなかった。

「しばらくぶりで唄おうかな。」

こくりをしてみどりに

「持って来て。」

「太鼓はいいでしょう。」

と、私に云った。正月らしく騒ごうとは私にも思えなかった。

音じめを合わせながら

「何をやる。」

「お前の好きなものを。」

都々逸をひきはじめた。なぜか私はこの唄を好まなかった。

「磯節をやろう。」

と、私は座りなおし、胸を心持ちそらして、このひとときと云うように緊張してほのぼのとしたあの俚謡を唄い始めた。眼を軟かくとじて唄って行く裡、毎度の癖で小松原に白波の寄せる景色が浮んで来る。心をこめて私は次に木曾節を唄った。木曾節の時は私はまだ見ない木曾の山合を辿りながら、私が次ぎ次ぎと唄って行く裡、千丸のバチにねばりが加わった。病み上りで余計枯れた声にかそけき艶をつけ、例の人に聞かせるより自分でそれを愉しむと云ったような内輪な唄い方で彼女も唄を合わせた。私は酔ってしまったように、知ってる限りの民謡のおさらいにうつつを覚えた。千丸の黒目がちの目も冷たいなりに溶けて行くようであった。

聽《やが》てあと口がかかって来た。彼女はしとやかに手をついた。

「御苦労さん。」

（「るねっさんす」昭和十年二月）

玩具

桜時だった。海岸町の寄席に長唄のおさらいがあって、赤毛布の上へはすに坐り、連獅子をひく絵になったような芸者千丸の姿にうっとりし、そこをでると私は啣《くわ》えた指を口の中でじゃりじゃりと嚙みつぶしたいような悪酔を見せるのであった。彼女への執心は、待合へ行くことを断念して既に一ケ月近くたっていながら、なお手のつけようがなかった。しかし酔が醒めれば彼女の映像も畳んだ紙風船のように小さくなった。

一月、二月、三月少しでも金の運転が出来る間、私は千丸を呼びつづけた。先が遠出などで都合の悪い時は君栄というのをかけた。君栄は千丸より三つ年下の二十歳で、千丸が芸達者なのにこれは都々逸ひとつうまくひけない類の芸者と云え、百人からいるこの土地で一二を争う売れ方を示した記録を持つだけあって、瘦せた腺病質風ながら堂々とした柄をもち、千丸が孤児として生いたった女らしい影をもつ美人なら、彼女は幾分つり上った眼などが西洋人臭い派手な容貌をまだひけらかしうる女盛りだった。正月、始めての彼女に私がそうなるような注文をだした所「人間的な関係を願いたい」というようなことを云ってその場を濁し、その後度々会いながら私はその約束を守り続けて来た。彼女も実の父を知らず、生母は彼女の小さい時になくなり、この町の芸者屋に売られて来てすでに十年の日がたっていた。ある時喫茶店で彼女の恋人であるという男を私は見たことがあった。黒の背広に、頭髪を綺麗にわけた二十七八の会社員然とした真面目な善良そうな青年だった。親の反対があるとかで二人はじきにといって一緒になれず、向う三年どうしても時々会うくらいで辛抱していなければならないと彼女はその仲を説明したこともあった。東京からやって来る青年と背丈が丁度同じぐらいに並んで歩いて行くのを私はその後三四度見、その都度目が尖ったようであった。


おさらいの時から一週間程たった夜の十一時過ぎのこと、ぼんぼりの並ぶ桜の濠端を私は、君栄とゆっくり歩いていた。いくらか赤味のさす髪を洗い髪に垂らして、一入《ひとしお》崩れるような君栄の撫で肩へ、思い出したように、白いものがかかった。

「おい、君ちゃん、千丸と一度こうして歩きたいよ」

「お気の毒さま。私、狐の性だと千丸姐さんに化けて上げるんだけど」

例のいくぶん舌たらずのような声で云って、

「片恋は矢張り辛い?」

抜けるような紅の口元を歪めて見せた。

「フ、フン」

私は濠の隅に吹きよせられた花弁の畳へ視線を曲げた。

「君はよく得恋のよさを云ったね。その後あの人は来るかい」

「それがね、私も男を恨めしいとこの頃では思うようになったわ」

「そりゃあ又どうしたんだ」

「あのAさんね、なんだか信じられないような人に思われて仕方がないの」

「ウン」

「あの人、もうかれこれ、ひと月も来ないの。あの人のそばにはお母さんもついているし。それに私達の仲もできて大分長い間がたっちゃったんですもの」

と、花模様の襟元に頤《あご》をつけるようにしてから「恋人がだんだん信じられなくなって行く気持、辛いわよ。私、本当に信じられるような人がほしいの。その人のために売られてしまうようなことになっても、その人が信じられさえすればきっと成仏できるでしょう」

何かを裂くような調子だった。前、この君栄は、いいママになるのが唯一の望みで、十年たってもそんな境遇によりつけないと解ったら、無理心中でもなんでもしてしまうと洩し、自分の知らない母の愛というものを子をもって味いたいとまで云ったこともあった。

その一途な言葉に驚かされた私は、同時に見かけは立派でもどこかのびてしまったような彼女の肉体から目をそらさずにはいられなかった。

九月に上京し、十二月に帰郷して三、四日すると、ろくな文筆稼ぎもできない東京では寄りつこうと思ったことのない待合へ、私はふらふらと足を向けるのであった。千丸は病気との由であった。嘗《かつ》ての通り君栄をかけると間もなくやって来た。

六畳座敷のまん中に紫檀のテーブルが置いてあって、わきに猫板の挟まれた小さな長火鉢がくっついている。火鉢を間にして、二人は盃を持った。暫《しばら》く振りに見る君栄の眼尻にはそのとしらしくもない小皺がかすかながら読まれた。ひっつめみたいな洋髪のため三角形のおでこが突きでて、頬のあたりのたるみが一層露わになり、それだけが欠点であるしゃくれたような鼻が、余計いじけて、着ている座敷着も前見たことのある小豆色の棒縞だった。二つはめたチャチな指輪にも変りがない。海岸町がトンネル開通のため東海道線の急行停車駅になったのを機縁にして、彼女に大阪商人の旦那が新しくついたと耳にしている私はその噂を一寸信じかねるような気分にもなった。

冷たく澄んだ目だけに艶をつけて、

「東京は面白かった?」

「ウン。相変らずのルンペンでね」

「そう。でも海岸町よりいいでしょう」

「いずこも同じ秋のなんとかさ。ここにこうして坐っていると何んだか旅の宿屋にでもいるような気持になる」

「千丸姐さんに会えないからじゃない」

「来たって結局は同じ事さ。旅愁だ」

「郷愁でなくなって旅愁なの」

「ウン」

「じゃ、私ドテラを持って来ようかしら。いっそう旅にいるような気持になれるわよ。ハハ」

と、彼女は並びのいい歯を花のようにした。一たい頭の弾みに面白味のある君栄は、文学芸者という異名をつけられている女で、啄木と一葉の愛読者であり、又死んだ夢二の絵を好む乳臭さも具えて、よかれあしかれしている稼業の水に染まりきれない所が彼女の取柄のようであった。

「東京へ行っても海岸町のように飲むと唄う?」

「ウウン。懐がさみしくって余り飲めないんだ。その代り銭湯に行って唄う。東京の湯屋は大きいし、それに昼は人が二三人しかいないからいいよ」

すでに私のやせこけた顔は色づいた。

「この間こんなことが新聞にでていたわ。あの、その人巡査なんだけど、お風呂行く度、あなたの好きな鉾を収めてやいろんな流行歌を唄うのね。小さな声で唄うんだけど迚《とて》もうまいんですって。その人の唄に感心した人が、番台に名刺を置いてその人にうちへ遊びに来るようにことづてして行ったの。名刺には東京のある音楽学校の先生という肩書が書いてあったのね。おまわりさんが何の事かとたずねて行くと、先生は声楽家になるようにすすめて、いよいよ稽古を始めたが迚も癖のない唄い方なので、その先生大喜びで藤原義江よりうまくなるって触れ廻っているんですって」

「フン」

「あなたはそのお巡査さんに先を越されちゃったわね」

「ウン」

「私、この頃鼓のお稽古を始めてるの」

「ホウ」

「もうとしだから、今更改めて三味線のお稽古もできないでしょう。御覧なさい」

と云いながら右の掌をだし、青味がかった蠟のような指でそこをさして、

「こんなに硬くなってるでしょう。でも何時まで続くかどうか」

投げだすように結んだ。

「私、よくやったと人にほめられるような、あとまで残るようなことをしたいの。昼間は昼間で退屈だし、夜は夜でお座敷からお座敷へ飛んで歩いて、酔ったり、はしゃいだりな

んかして、これでどうなるのかと思ってすくんでしまう時があるわ。金にしばられている身で、こんなことを云うのは贅沢かも知れないけど、私も一念をこめた仕事を持ちたいわよ」

君栄は平たい胸のあたりで息をするような様子になった。そしてその恰好がいかにも自然であった。彼女は夏頃、Aという男とはいよいよ駄目になりそうだと洩したこともあったりしたが、この頃、席のあたたまらぬ思いから、小説でも書いてみたいという気になったのかと私は彼女のしたいことをそう解釈してみた。私の知っている彼女の手は悲しいものであった。売られて来た子は小学校さえ満足に行っていなかった。彼女はふと私が口にした漢語をどう書くか書いてみて、とこれまで再三云ったこともあった。教養はなくても、この発明そうな女は、客の話客のすることなど一々気にとめ噛み砕いて覚えこんだような学問を持っていた。

「ひとつ鼓の名人にでもなり給え」

「あんなの、ほんの退屈しのぎよ。身についてどうのこうのというものじゃないわ」

「君は芸者の癖に芸に身が入らないね。そこが又君のいい所だけど」

「今時、芸でもつ芸者もそんなになさそうよ」

と、云いっぱなしにして、上目づかいに私を見る眼に何かいじらしくせまるものがじかに受けとれた。そこで、蕎麦色の盃をこつんと猫板に置くと、私は無意識的に上体をのば

し、

「芸者は二十を越せば年増と云うからな。君だって何時までも若くしてはおられないんだ。いい加減にこの人はという人と世帯をもったらどうなんだ」

「ええ」

「こんな時勢じゃ自分の注文通りの結婚なんかできるものじゃない。殊にそういう商売をしていてはね」

「ええ。芸者としては芸者屋をださせて貰うのなんか一番いい方なんだけど、私には女将の役はできそうにないの」

ひとごとでも話すような様子になり、

「お妾、これも私の性に合わないわ」

女将とか妾とかを始めて口にする彼女のうしろに私は大阪商人の姿を改めて見たように思った。

「自分の望む半分でも、三分の一でもいい。それで結構と思うには思うわよ。でも、もう二三年働いていなければならない事情があるの」

「兎に角、芸者は二十過ぎれば年増だ。一日も早く家庭を持つことに努力するんだね。早くいいママになるんだね」

と、私の方がせきこんで、そう云いながら、おしろいやけした哀しい四十面を、はげるように塗りたてて、昔変らぬ名調子をきかせるこの町の老妓幾人かを思いだした。彼女達の中には旦那も子もないのがいた。

「ありがとう」

「いや、余計なおせっかいだったが悪くとるな。俺の遺言だよ」

自分を棚に上げているようなわけだった。君栄に要求する所は、常に私が肉親から親身な友人から耳にたこができる程きかされている話に違いなかった。すでに三十を越して三四年になる私は、日夜配偶者を自分でも求めていた。近頃では自然の人情から女のみならず子供をほしいとさえ痛切に感じはじめた位だった。しかしさし当ってこれはと思う相手も見当らず、経済的な不安もあり、家庭をなしたとてどうなるものかという気持も働くまま、東京ではつい魔窟の闇にばかり紛れこんで、売女の荒い情けの下にもオアシスを探そうとまるで乞食の有様だった。

「ま、飲もうや」

「なくなっていたわ」

君栄は立って三本目の銚子をとりに行った。「大寒小寒、山から小僧が泣いて来た……」と唄いながら帰って来た。

「ここの家もしんとしてるわね」

どこからも三味線の音らしいものがして来なかった。銅壺の湯気をききながら、

「暮の二十九日だからね」

三尺の床の間には、はさみをもった女の軸がかけてある。小さな鉢の福寿草はまだ咲くに間があるようであった。

「妙に酔わないよ」

「旅愁?」

「ハハ」

君栄の坐り方は段々崩れて行った。かつては酔うほど水色をましたような白色に血管が巣をはりだし、そこの所に目やにまでたまって来た。

正月三日その日から出たという千丸を、私はやがて五ケ月振りでみたのであった。勅題にちなんだ丹頂の鶴を綾織る白襟に蔦の五つ紋を着た彼女の姿は、もともと痩せていた方だから病上りと云ってもそれほど目にたたず鼻すじのすっきりした細面の頬が一入《ひとしお》こけたぐらいのもので、とって二十四の年増芸者らしい紙人形のような水気の枯れかけた雰囲気を、切れ長のはりのある目と、たおやかな指にはめた大粒なダイヤが同じような光でひきしめていた。座敷へ入って来ても、お目出とうひとつ云わず、私がさそうとしても、それをこばみ、依然として陶器のような肌触りだった。この素っ気なさが、まだ彼女を好いているらしい私にはひとつの魅力であった。彼女に月並みなことを云ってみる気も起らず、彼女だけに云いたいような言葉も持ちあわせておらなかった。前にいる間、彼女の冷たい目もとなどを眺めていればよかった。彼女の三味線で好きな唄を唄えばそれで大した痛みなく気が済むといった私になっていた。磯の松原に吹きよる風を目の前に感じながら私は磯節を始めた。知っている限りの唄を唄おうと憑かれた者の様に唄い続けた。彼女も素直にそれにつきあい、ひき且《か》つ唄うのであった。細い、いくらか金属性を帯びた声は、唄うにつれて、病上りらしからぬ熱が加わった。それは人に聞かせるというより、自分が自分の唄を味わいながら唄うといった風韻の、一種旅情のようなうるおいを示す彼女の唄い方は、彼女の人柄や孤児らしい影をもった楚々とした容貌より増して私の心にせまるものがあり、それに拍車をかけられ、久し振りに私の唄も尽きるところがなかった。長唄の名とりらしく冴えた三味の音にも波のようなねばりをまし、後になればかえって仇ともなるようであった。

雨上りの夜だった。友達とおでんやで飲んで別れ、さて帰って寝る気もしない儘に、私は待合やたべものやの立ち並ぶ路を足にひかれ歩いて行った。正月も十日過ぎて、盛り場はまた水を打ったように静かであった。遠くの窓から洩れて来るざわめきも凍るようであった。暗い路地から明るい通りへで、又吸われるように船板塀の影に私は消えて行った、角の写真屋のショウ・ウインドウに飾られた芸者の写真などを見ていると、うしろから声をかけるものがあった。ふり返ると、裾模様の褄をとり派手な蹴出しを寒そうにした君栄が立っていた。稲の穂の簪をさした大島田に乱れが覗かれて、彼女の顔は白紙の様に乾ききっている。

「君、そんな所で君らしくもないよ」

君とこう呼ばれたのは私には始めてのことで聊《いささ》か肩をすくませながらも、

「これからお座敷か？」

「もう今夜はでないの」

「十一時過ぎたかな」

「君、すしを食べに行かない？　つきあい給え」

「あ、行こう」

もとより一議に及ぶ筈はなかった。

「今日はお前よりずっと背が高いな」

「それは君が高下駄を穿いているからさ」

立食いのすしやはついそこであった。前からある一軒と最近出来た新しい店とが、カフェーを間にして並んでいるのである。私は新しい方へ行こうと云うと、

「あすこは不愉快だ。目と鼻の間で同じ商売を始めるケチな奴の所へ誰が行くものか」

と、云いはなち、君栄は先きに手近な店へ入って行った。屋台の前では、はっぴ姿が二人客になっている。

「何を愚図愚図しているの」

浅黄に江戸ずしと白く抜いた紺の香の高い暖簾の中から、君栄の痡走ったような黒目だった。

「今夜は、こいつ大変な威勢だな」

云いながら、私は君栄の隣りに突っ立った。君栄はそこにだされるとりどりのすしをそばから平げて行く。一箇三銭のすしの握りも小ぶりながら、彼女の食べ方もつつましかった。

「君、どうして食べないの」

「俺は今食ったばかりだ」

「そうかい」

「林檎でも食いたい。兄さん、ここんち林檎はないの?」

東京から海岸町に流れて来たという、頭髪を角がりにした四十男は、

「すしやに林檎はあまりおつなとりくみじゃねえようですな」

「じゃこれから十五屋へつきあおう」

と、君栄がひきとり、彼女はぬれ手拭を蠟細工の指先でつまみながら、

「誰か来たら十五屋へ行ったと云って」

値もきかず、勘定もせず彼女はさっさと屋台をはなれた。

「おい、今夜は少し妙だね」

「二年は三百何十日だった」

「そりゃどういう意味」

「君はかんが悪いねえ」

私は彼女のみたことのない鉄火振りにすっかり面喰い、たじたじの体であった。

「芸者に実があってたまるかい、へ、へヘェンだ。一本棒の癖にしやがって、へ、ヘェンだ」

「おい、何云ってるんだい」

「なんだっていいわよ。ことのついでにもう二三年生きているか」

歩きながら、例の舌足らずのような声で切るたんかが、次第に独白的になり、何かに爪をたてられやぶれかぶれになってるような空気が、君栄を取り巻いて来る。しかし君栄がいくらの借金を背負っている身なのか、そういう私生活に立ち入っての話は殆んど知る所のない私には、どこの座敷でどう煽られて来た彼女なのか皆目見当がつきかねたし、又彼女にしても実はこうなのだと打ち明けてみせるほど私というものは彼女の近くにいる人間でもなかった。今更ながら客と芸者という水臭さも、手にとれるようであった。

梅の白い神社の前を過ぎ、電車通りを横切って突き当りの喫茶店へ入ろうとすると、そのペンキ塗りの立看板を、

「何だい、こんなもの」と君栄は白い革の鼻緒の下駄先きで蹴り続け、そうしているうち

にはげしく咳きこみ上体をのめらせた。

「さすろうか」

「いいわよ」

「早くはいろう」

「事のついでにもう二三年生きてるか。かッ」

塊りでも吐き出すように云い、肩で大きく息をしてから、やっと彼女は看板の前を離れた。

四五脚のテーブルの置かれた店の中央には、煉炭の小いさなストーブが湯気をたてていた。ストーブに近い椅子に私は腰をおろし、黒の帽子をぬいだ。暫く店の中をふらふらしていた君栄も私の向い側に斜に坐った。眼じりがつり上り唇に口紅のあとが余程白い。

「僕は林檎だ。君は?」

「僕も林檎にしよう」

「女将さん、林檎を二つ」

夜更けで客は外になかった。そばかすの浮く三十近い女は、二人を見て見ない振りだった。

「ドーナッツあるの?」

高飛車な声である。彼女はここへ来る度家への土産を忘れたことがなかった。母を知らず親でない親に育てられた彼女は、今いる芸者屋の六十近い女将を母のように慕って何かと気をくばる模様で、自分が東京へ行ってしまうようになっても、その老婆には時々の贈物など欠かしたくないと嘗て洩したこともあった。

「今、きらしていますわ」

「シュークリーム？」

「は、あります。いつも分だけ」

「ウン」そった鼻先きで彼女は返事をした。私は我を忘れたように、

「ウン、とは何んだ。諸共に憐れと思えだぞ」

きめつけると急にしおしお君栄は眼頭を落すので、あべこべに私の方もまいってしまい、てれかくしのように頸をのばして、

「大寒、小寒。それから何んと云ったっけ」

「山から小僧が泣いて来た、よ」

「何んと云って泣いて来た、そうだったな」

「え、寒むきゃ、あたれ。あたればあつい」

「そうだ。そうだ。一緒にやろう」

「ええ」

君栄は、今夜はじめて、いつもの紅を落したような笑を、目と口元にほころばせた。他

愛なく一緒に唄い終えてから、

「Kさん。おととい、私キューピーさんを買ったわ、こんなに大きいのよ」

と、いくらか頸をかしげながら、褄を離し左手と右手で、その玩具の寸法を示して見せるのであった。

（「世紀」昭和十年三月）

途中からきった洗髪をうしろで結び、ラクダの肩掛をして、青っぽい羽織に棒縞の袷をきちんと着た君栄が、そこの小間物屋からでて来るので、

「おい」

と、文吉は言葉をかけた。呼びとめられて君栄は、偶然出遇った文吉の方へ、おしろいっけのないしまりのいい面長な顔を向け、いくらか吊り上った派手な目元を拡げるようにしてから、例の如く素人素人したお辞儀をしてみせるのであった。子供っぽく肩を振るようにしながら彼は女の方へ寄って行った。

「いいものやるぞ」

とぶっきら棒に云って、トンビのポケットからだした小さな袋を、彼女の蠟細工のような指に握らせると、二人は歩きだした。

「なんなの？」

「見れば解る」

「そう、おせいぼなのね」

「うん。さっき帰った所さ」

「私も今日、あなたの所へ年賀状をだしたの。でも来ちゃったから駄目ね」

呟くように云い云い君栄は、梅の花の書いてある白い袋から玩具のように小さな扇子を一本とりだした。その品は芸者が松の内、丸帯の結び目の所へさすもので、何か彼女への土産ものはないかと思っていた文吉はふとそれを思いつき、銀座裏の女共のたかっている店へ頰をほてらせながら入って行き、番頭をわきの方へ呼んで、そっと十五銭だして買って来たのであった。彼女にそんなことをするのは今度が始めてのようなもので、この一二年、年に数度待合や喫茶店で顔を合せてはいるものの、彼はまだ彼女が横になってからの仕草を知らなかったし、彼女の方でも文吉宛にものの便りをしたのは今度の年賀状が皮切りのようなわけであった。云わば行きずりの、遠くから見れば何んでもないような仲でありながら、彼は東京の下宿屋の独り暮しのつれづれに彼女を思いだしてみるようなことが間々あり、海岸町へ帰省する喜びのうちには、彼女に会えるということも勘定に入れてあるのであった。三十をなかば越えての妻も子もないひもじさに、魔窟の暗がりをまごついたりおじさんとそう呼ぶ少女達のいる馴染の喫茶店へ毎日のように足を向けたりしてどうにか繋ぎをつけているような彼では、君栄の落した甘さ辛さを拭うべくもないようであった。

「丁度よかったわ、あすこの店にもなかったの。今年はうっかりして、東京からとり寄せるのを忘れちゃって」

「そうかい。十五銭で買って来たものがそんなに役に立とうとは思わなかった」

「ありがとう」

「でも、なんだね。正月が来ても、こんなものがいらなくなるような体に早くなることだね。早く……」

と、自分にも云いきかしたいようなことを云って、文吉は思い入れのていであった。そういう彼の気持が君栄にもまっすぐつたわり、彼女は頸をひねってまばゆそうに眼頭を落した。去年年があけて、目下彼女は分けの身で、ひと頃程の荒稼ぎから余程足を抜いて来ていながら、売れ高は十番を下るようなことが滅多になく、都々逸ひとつ満足に弾けなくても彼女の容貌と座敷を面白くする頭の弾み方はいまだに客をひきつけるのであった。しかし彼女は旦那というものをとることができない女のようであった。としも二十一で色と慾をはなして考えることができないようなところがあった。文吉が呼び始めた時分、彼女には東京から土曜日毎に来る青年の土木技師が恋人として持たれていたのであった。素のろけと突っぱなしきれないむきなむくな面持で、彼女は屢々《しばしば》青年と家庭をなす時の夢を語り、すでに子供を生めない体になっているとも知らず、自分の知らない母の愛というものを子を持って知りたいと云い、いいママになれないくらいなら死んだ方がましと思うと洩したりした。それが桜の散るようになってから、一週間に一度という青年の足が次第に遠くなり、再三東京へのりだして行った君栄の熱意でどうやら去年の暮までもったけれど、年が改るとぷつり二人の仲は断たれてしまった。彼女は裾模様のまま路ばたに酔いつぶれたり、気にいらない客へ盃洗を投げつけたりするような女になり、そうこうしているうち仕出し子の頃患ったことのある胸の病気がぶり返してひと月も商売を休まなければならなかった。生娘の振舞みたいな彼女の恋の始終を時々覗くようにしていた文吉は、自分も失敗に終ったある芸者との苦い思いをだらしなくひきずる矢先から、ささくれた彼女の傷口を見る目に別な人情もこもったようであった。病みあがりの頃はそのとしらしくなく眼尻に小皺が寄り、使い殺した体によけい肉がそげひょろついていた君栄の様子も次第に持ちなおすようになり、待合で顔があった時、彼女の方から念を押すように「ふとったでしょう」と云い、これに文吉も頷いて見せたのであった。それが秋口のことで、正月までと別れの杯をやりとりして彼は上京しそして今夜となった。暫《しばら》くぶりで見ると君栄の青みのさした陶器のような頬が又なんとなくこけたようであった。

「君は明日お正月だのに島田を結わないの」

「島田はうちに置いてあるわ」

「鬘《かつら》か？」

「そうなの」

「今夜は暇なのかね」

「ええ、いつも今夜は遅くなってから。うちにいてもかけ取りが来るばかりでつまんないし、これから活動へ行ってみようと思うの。行かない」

「活動か。相変らずよく行くんだね。それよりかどこかへ行って年越し酒でものもうよ。誰かつかまえてそうしようかと思っていたんだ。つき合わないか」

「ええ」

　丁度背丈の同じ位な二人は、熊手をかついで行く人、人ごみにペダルを踏みかねている小僧、買いものをかかえて帰る桃割の娘達などで雑沓している表通りから、裏通りへと曲って行った。小さな芸者屋、おでんや、麻雀クラブなどが曲り角の多い暗い通りに低い廂をつなぎ合せていた。路がまっすぐになると通りも明るんで、舟板塀の向うに粋な座敷の障子が映ったり、爪弾の音が忍び寄ったりした。幅広の肩かけで鼻から下を抑えいくらかうつむき加減の痩せた君栄は時々咳をするし、文吉も口数を減らして暢気そうに歩いて行った。足りるにつけ足りないにつけごくケタの低い所を低徊する売文渡世の彼は、年の瀬に置いてけぼりをされたような気楽さを味ってもいるようであった。

　電車通りのまんやというカフェーに入って行った。六つばかり並んでいる三等の座席のようなボックスの一番奥まった所へ二人は差し向いにかけた。君栄は皺でものばすように少しそり身になり、文吉も反射的によそ行きのような顔をした。やがて案内した女給よりずっと造作のまずい手の荒れた女が銚子と落花生を盛った皿を運んで来、すぐ座を外して行った。ゼンマイに油のきれた安蓄音器がうらがれたようなジャズを響かせ、客は二三人のようであった。

「しゃれた着物を着てるね。赤と緑の縞が面白いじゃないか。何んだね、ものは」

「銘仙なの。一寸銘仙には見えないでしょう。どんどん新しい着物ができて行くわ」

「うん。着物や何かのように人間も進んで行くといいんだけど」

「そうねえ。人間の方はそうは行かないらしいわねえ。でも、わたし三四年前までは、いい着物を買うとそれが仕立上って来るのが愉しみで仕方なかったけど、この頃じゃどんな気に入った着物でも一度袖を通してしまうと興ざめがしちまうようだわ。としをとっちゃったのね」

「まだそれ程」

「家にいる時は、お化粧もろくすっぽしないでほったらかしているの」

「この春頃、買ったといったね、大きいキューピーさん、あれを今でも飾っているかい」

「もうとっくに駄目になっちゃったわ。かわりを買おうかと思ったけれどまだ買わずにいるの。キューピーさんじゃ添い寝もできないでしょう。ハハハ」

「うん。何か食べるものをそう云おうか」

「いいわよ」

「鼓のお稽古はずっと続けているの」

「ええ、この間おさらいがあったの。それまではやっていたけど、それからはやる気もしなくなっちゃったから止めたわ」

「君は芸者の癖に芸に身が入らないんだね。昼間うちにばかりいると、いらついて来て、出したものをそこへ散らかしぱなしで行ってしまいたいような気になるの。活動は好きだし、活動を見ている時が一番気が紛れるわ」

「そうねえ。活動ばかりみているわ。そうだと幾らかいいんだろうけど」

「いつか君は見ながら泣いてたことがあったね」

「ハハハあなた『ふきさらしの唄』東京で見た」

「あれは面白かったよ。篩《ふるい》にかけたような細かい味のものだったね」

落花生を摘み、酒を含みながら二人は暫く映画について話しあうのであった。啄木ファンでもある君栄が、世に憚られた浪人ものや、うらぶれた露地の映画を好くような暗っぽいところを持っているのは、一応見かけのぱっとしている顔だちや姿に似合わないようであり、母親も知らず八歳の時から町の芸者屋に売られて来て小学校へも満足に行っていない生い立ちまでたずねれば、それが至極身についているようでもあった。

案内した方の女給が二本目の銚子を持って来た。中腰のままで文吉に酌をし、君栄の方へも熱いのをついで、彼のしかけた世辞にうけ答えを始めた。と、君栄は誰かに弁解でもするように、あらぬ方を向き、これから活動へ行くのだとそれを口早に二三度くり返し、そう云いだされて彼も顔を顰《しか》め慌てるのであった。女給がふっと行ってしまうと二人は又ゆっくりした。

「一寸手を貸して御覧。手の筋をみてやろう」

「あなた解かるの」

「怪しいもんだがね」

いくらかためらいを見せながら、骨細のちんまりした手を出した。軟かな掌に三本の線が薄く走っているだけで頗《すこぶ》る癖がなかった。無論彼はそんな教養とあまり縁のない人間だった。

「あっさりしてるでしょう。あっさりし過ぎているわねえ。筋も細くって」

と、云いながら手をひっこめ、君栄は少し目を弱くして、

「あなたのはどう。見せて頂戴」

体に似ない大きな頑固な手が出た。彼女はテーブルに肱をつき、上体を前にのめらせて、彼の指を両手で握り、日なたで見ると茶色でそうでない所では黒く深く見えるつややかな目に謎のような光りをつけ、熱心に眺めるのであった。

「これが頭の線でしょう。あなたのは三本共はっきりしていて太いわねえ。網のようになっているわ」

「生命線の先の方がいけないよ」

「そうでもないわ。こういう風に深く彫れている人は情熱的ですって」

「そうかね。そうかも知れないな。ハハハ千丸にあんなに振られながら中々思い切らなかったからな」

と、その先を云いかけ文吉はうろたえ気味に横を向くのであった。そんなことは聞えないというように、君栄は彼の手を離さず、なおも探るような眼差であった。彼女の方が余程そういう知識を持ちあわせているらしく、顔にもそう書いてある通り、一体が知っていることより知らないことによく気がつき、それをそのままでは済せないようなところを多分に持っている君栄だった。

客が入って来た。君栄は鋭く若い背広に一瞥を投げ、彼の手を静かに離した。

「ほせよ」

「ええ」

「冷たくなっちゃったろう」

「燗ざましもいいわね。夜更け、お座敷で時々のむことがあるけれど、お腹にきゅうと沁み透るようで——」

「うん。ひと頃のように商売を投げやりにはしなくなったかね」

「お座敷は大事にしてるわ。二三年前のような売れ方はなくなったけど」

「結構だね」

「でも後の祭りじゃないかしら。私この商売を少し長くし過ぎたように思うの」

「だって、まだ二十……」

「ひとつにはうちがいけなかったのね。他の妓《こ》には迚《とて》もさせないような我儘をわたしにだけはさせ通しで、大晦日だというのに平気で出られるでしょう。おかあさんも玄人上りだけあって、わたしどんなに腹をたてて突っかかって行っても、うまくかわして、あべこべに丸めこむようにしてしまうでしょう。居よかったのがよし悪しだったのね」

「ああ」

「だんだんわたしずるずるべったりになって行きそうなの……」

と、撫で肩で息をするようにしてから、

「女だからそうもできまいけど、できればルンペンになってしまおうとも思うわ。二十八までしきゃ生きられないと、小さい時見て貰って易者も云ったし……」

と、多少セリフめいたことを述べ、その目を溶けるようにしてみせるのであった。うけとめかねて文吉は、

「ルンペンも苦しい——」

云って顔をそむけてしまうのであった。君栄が自分の仕事にあぐねてもいるように、彼にしろ錨をたずさえてその日その日を過すという身上ではなかった。押し流されまいと握る綱も決して太いものではないらしかった。

目があうまでに間があった。

「大分酔って来たようだ」

「お酒なくなったわ」

「活動に行くか。一本貰うか。俺はもう少しのんでいたいんだが」

「ええ、いいわ」

「つきあってくれ」

君栄は姉のような目をした。そう云うと、すぐ手の荒れた方の女給が熱いのを持って来た。

落花生の皿はからになっていた。君栄のこけた頰にしみのような赤味がだんだんさして来、切れの長い瞼にはさまれた白眼も熱っぽくぼかされ、眼頭にだけはっきりしたものが残った。酒に弱い文吉の顔はすでにほてって、大抵の場合ならそろそろ唄いだすか騒ぎだすかする頃合なのに、今夜は風向が少し変っていた。ふと彼が君栄の肩に気をとめたところで、ある芸者の方でなく四五年前別れた女の半身像をちらりと見た。彼等は一年ほど関係を続けたのであった。今夜の君栄にはどことなくその女に似た匂いが感じられて来て、よく嗅ぎとろうと、年頃は同じでも顔形のまるで違う彼女の薄い胸のあたりを怪しく瞶《みつ》めるのであった。君栄は上水《うわみず》でものむようにすっと盃を干したり、かけているのが大儀らしく、しらふの時にもたるみのある体を曲げたりのばしたりした。

「みけんの上に蒼すじが出たよ」

文吉はそんな風に思ったのであった。

「そう」

暫くして、彼女はそこが一番不細工に出来ている段鼻を肩掛の端で隠し、顔を伏せてから、そっと端を上へ押し上げると、急に子供に還ったような仇気《あどけ》なさで笑いかけるのであった。

「もうひっこんだろ」

「ほ、ほほ……」軟かい口先を円く解いて手を下した。

間もなく酒がきれた。先きに文吉が立って勘定をした。歩き出してみると君栄は又しゃんとなるのであった。夜空は星が落ちて来そうに冴えていた。風もなく、だだっぴろい電車通りに人の影も乏しかった。ハイカラなガソリン販売所の前を過ぎれば、文房具店箱根細工を売る店、米屋などの小売店が並び、店先を二人は口数少なく通って行った。人のこんでいる理髪店の前で立ち止った。

「じゃ待ってね。じきに来るから」

「ああ」

君栄は男のような大股で、さっさと理髪店の角を曲って行った。文吉は暁に火をつけ、理髪店と隣りのラジオ店の前を行ったり来たりした。一本を吸い終る間もなく露地から君栄だった。急ぎ足で、彼女は「うち」へ寄って来たのであった。二人は近くの喫茶店を指して歩き出した。昨年の桜時分、その店で君栄と一緒にトーストを食べていた土木技師を文吉は始めて見かけたことがあった。縁なしの眼鏡に目の細い小柄な人好きのしそうな青年だった。現場を抑えられて硬くなった君栄は、三四日してからあれが恋人であると文吉に告げ、しかじかを長々紹介に及んだりした。その後若葉の濠端を寄り沿って行く彼等のうしろ姿や、一緒に熱海行の二等にのりこむパラソルとパナマを見つけて、文吉がつまらない顔色のかえようをしたことも二三度はあるようだった。それが年が新しくなってからは、外の男とも町中を歩いたり喫茶店にいたりする君栄を皆目見なくなった。彼女は活動へ行くにも大抵はつれなしで、独りきりの時間を好くような癖も小さい時からついて居るようであった。君栄は続けて空咳をした。

「浪子さんだ。外の空気はいけないんだな」

「大丈夫よ。今夜湿布して寝ればなおってしまうわ」

「酒は加減した方がいいようだね」

「ええ、なるたけお座敷では潰《つぶ》れないように気をつけているの」

「のませて悪かったな」

「いいえ」と、云って間を置いて、

「今夜あなたと年越酒をのんだのも思い出になってしまうのねえ――」

と、せつなそうに言葉のすそを濡らすのであった。

喫茶店へ入り、煉炭のストーヴの頭が湯気をたてている近くに腰かけた。君栄はホットケーキとソーダ水を注文した。食べ終ると福泉からの電話で帰って行った。一人になって俄かに酔が出たように文吉は落ちつきを失った。待合へ上りこみ、かけさせると君栄は今夜中むずかしいだろうという挨拶だった。

お座敷帰りらしい芸者が電車通りを突っ切って来た。歩いて行く文吉に突き当ろうとする二三歩手前で女は鉤の手に曲った。夜目にほの白く浮く横顔は君栄であった。彼は呼びとめた。彼女は文吉より前に気づいていたらしい風であった。白襟の頸のあたりが寒むそうで、かつて見たことのある裾模様の褄をとり、深紅の蹴出しを揺りながらそばへよって来、まともに向いあった。

「おめでとうございます」

「ゆうべは失敬」

「いい色ね」

「お年始の帰りだよ。忙しいかい」

「帰ると又どこかへ行くらしいの」

ひとごとでも云うような君栄の調子を読みかねる一方、文吉は昨夜のこころなしなとり乱しぶりを云おうか云うまいかと反問した。元日早々と思い止り、やや戸まどった目を彼女の白い額へ向け、

「ほう、これか」

「え」

生え際を一分程のこして、艶の鈍い大島田が載っていた。

「よく似合うじゃないか」

二人は目の中をおとなしく覗き合うのであった。のりよく塗られた頬は白紙の様に乾いて、酒の気の廻ってない君栄の長い顔が普段よりずっと潤《しぼ》んでみえた。

「忙しいか」

「うちへ帰ってみなければ解らないの」

ひねった舌の廻し方にもつれがみえた。文吉は息を殺すような顔をして君栄から離れるのであった。背中に彼の買って来た小さな扇子がさしてあった。


（「文芸雑誌」昭和十一年四月）

泡

文丸は本名をりつと云い、東京生れのもので、七歳の春養女の名目で海岸町の芸者屋吉野へ買いとられて来て、実の親も兄弟の顔も知らないそうである。小学校を終るとすぐお酌になり、やがて肩あげをとる時は、そういうことをするのでも有名な近在の鰤《ぶり》大尽の手にかかり、それから型通り骨の伸びざかりを客の求め次第となる芸者にかわって、十七八の時分活動の弁士とでき大変な凝り方をし、鼻の先がとれ奇妙な声をだす吉野の女将が叱言を云っても中々きかず腰巻ひとつで外へ突き出されるような目をしばしばみた。吉野は明治時代からの古い芸者屋で、何度も堅気や妾になっては舞い戻って来る酒乱の老妓、自分の娘と一緒にお座敷へ行く大年増から、宴会でなければ顔を出さない年増や、丸抱え半玉下地っ子と十五六人からの大店だった。家は盛り場の中にあり、銅ぶきの屋根の総二階で玄関にはしゃれた檜の格子がはまっていた。新しく出来る芸妓屋がわたり者でもなんでもつかまえ、芸事などはそっちのけに稼がせるのに夢中なやり方をしているのと違い、吉野は殆んど無代で貰ったような子供を順々に育てて一人前の売りものにし、妓達が住み替えをする時や身受けをされる時は相当高飛車な金額を宣告し、云う通りにならなければ籍を抜かないとあくどい出方をするしきたりから、昭和になってもそのため旦那を逃がしたものが五六人はあるようだった。女達の食べ物のひどいのも評判で、吉野の自慢としてはどの妓を出しても芸の備わっている点ならよそにひけをとらないというくらいのもので、事実姐さん達には長唄や清元の名とりもいるのであった。そんな旧式な家風をいまだに持ちこしているような芸者屋に成長した文丸は負けるのが嫌いな方で性質に芸事を好く下地もあり、ひとまえで肩身のせまい思いをしなくて済むひと通りのことは早くからそなえ、旦那がついて荒稼ぎから遠のくと余計その道にいそしみ、踊り手としては土地で並ぶものがないまでに上達した。踊りばかりでなく、花時分や避暑客の賑う夏場など、寄席や海岸で催される芸者の演芸会には弾いたり唄ったりして達者なところをひけらかすのであった。また菊五郎の世話物から活動写真も嫌いでなく、近寄ってみるとこの女は人間より芸の世界の方が好きなのではあるまいかと思われるような変った匂いもして来るのであった。その文丸を私は雑誌社に勤め始めの頃銀座で見かけたことがあった。髪をひっつめにし、素人のような青っぽい地味な柄の袷を着、四十がらみのがっちりした体格で鼠色のチョッキに太目の金鎖をからませた赭《あか》ら顔の一見して旦那然たる男と一緒だった。彼女は私に気がつくとすぐ視線を横にそらしそのままの姿勢で傍を通り過ぎた。そして暫《しばら》くのち反対の側で百貨店の品物らしいものをかかえ今度は一人で新橋の方へ行く彼女のうしろ姿を認めた。そのあとを追いたい気持をかすかに覚えながら私は一寸立ち止っていた。それが秋口のことで同じ年の夏、当時株で儲け間もなく姿を消した知人につれられ、私は海岸町の待合で四五度文丸を目近に眺めかなり惹きつけられたのであった。その時も手にさえ触れず自分の胸に畳んだなりであった。その後二年あまりたち、私は勤先の人減しにあい二百円の涙金をもって海岸町に帰った。実家は両親も健在でおもに弟が商売の方をやってい て、インフレ景気で山の温泉場へ魚を商う稼業の成績も悪くはなさそうだった。とは云え、好き勝手な小説を書き長いこと毎年暮や暑中になると瘦せこけた顔をして帰省し、引き揚げにはきまって幾らかずつ絞って行った過去が過去なので、クビになったからと云っても、彼等は余りいい顔をしては迎えなかったし、私も涙金の高はほぐらかした。これまで通り寝起きする所は裏の物置小舎と定め、食事の時もなるべく母屋へ顔を出さないようにし、それに今度は仕事の見つかるまで世話にならなければならない遠慮から居候のような水臭い姿勢にもなりがちだった。凍ったトタンに囲まれる小舎の中で炬燵にあたり、おとなしく本を読んだり、ぼんやり考えこんだり、観音びらきをあけ海を眺めたりしては日を送った。しかしそれも当座で、うちの中で鏡を見る時より通りかかったショウ・ウインドウの前などで自分の姿をのぞく方が多かったような東京での放浪癖が故郷へ来ても抜けきらず、吹きも降りもしない日は釦《ボタン》の弛んだトンビをひっかけて出歩るくようになって行った。家なみのむらに出来ている町は氏神の祭礼を終ると一度に正月の賑いを振り落し冬眠に入るのであった。町端れの橋の上にたって、雪をつけた山々の重なりや、海へのびる半島の軟かいうねりを眺めたり、崩れた石垣だけで建物は何も残っていない城址の本丸へ登る日もあった。午前の陽脚に爽かな浜辺で鰤網を干す人達の群に見入っていたり、梅の花の檜垣ごしに匂う別荘街を通って、ピアノの音に立ち止ることもあった。アスファルトのだだっぴろい国道で、蜜柑箱を山に積んだトラックや豆タンクの行列や、美しい旅姿の尼僧などとすれ違ったり、失業救済事業で半分だけセメントに固められた道路の上へ佗しい影をひいている濠端の桜並木の下をうつむき加減に歩きもした。活動館カフェ焼芋屋待合かもじや酒屋玩具屋玉突屋と云うように雑然としている盛り場を行ったり来たり、震災後は往来ばかり広くなり並ぶ小売店の店先がみすぼらしく、買いものをしている人は稀で、大きな呉服店のあとへ安く飲ませ安く食べさせる食堂のふえ方が目だつ通りを、気の抜けたような歩き方で過ぎて行ったりした。そんなにしてどうにか昼間はしのぎはつくようであった。夜がいけなかった。しんとした小舎に百匁蠟燭をともして波の音を聞いてばかりはいられなかった。所在なさに早くのべた床に体のあたたまらない思いがこうじ、夜もいつか一枚の紙のようにふらふら歩く癖がついた。風のない晩は外もそれ程寒くなく、汐気を含む重い夜気にぬくもりがぼっとまざりあって、生身の肌に触れるのであった。友も少なく遊戯もあまり知らず、と云って馴染の女も持たない私は、街燈の薄い往来や三方畑に取り巻かれたある一廓などをまごつく程、松の内でも余り飲まなかった酒に手が伸びるようになった。盛り場近くのおもてを土蔵風にして、酒と筆太に書いた提灯をつるすおでん屋の前にかかると三度に一度は縄暖簾にからめとられ、そこで出す一合二十五銭の銘酒が骨まで沁みるようであった。この店でよく遇う旧友に、本職の本屋より競馬の方へ身を入れ始め僅かな遺産を減らして行くという甘鯛のような額の禿げ上った男があり、酔った弾みで、二人して待合へ出かけることになった。

文丸は地に落ちた花びらみたいに色褪せた様子だった。一月末のことで縫いとりした白襟に黒の裾模様をつける姿が寒々としていた。踊りに向うように造られたすらりとした体、のびのよい四肢、身の軽そうな腰の辺のつまり、前から人間臭くなさすぎる程痩せてはいたが、撫で肩から平たい胸元へかけての肉ののりが一段とそげたようで、大きく結い上げた島田の重みに首すじもへし折れはしまいかと怪しまれた。頬がたるみ、上下の瞼が曇り、額が乾いて今年二十三の女とは受けとりにくい顔形の崩れを、きりっとした大粒な眼がやっとささえているようであった。玄人は二十越せば年増とは云いながら、三年前の面影と目の前のそれとが余りに距って見えるところから、私は勝手違いの感を覚え、驚かされた彼女の老いのいわれを考えてみたりした。文丸がある種の快感を知り得ない女であるという噂もゆくりなく思い出された。いつも心配ごとの絶えないように沈み勝ちなしろい細おもてを伏せ、ダイヤをはめた蠟細工のような指をさおにからませながらひく調子にもどこか旅を流す法界節の女のかげが読まれた。唄う声も神経質に細く低く、そしてひとに聴かせるというよりは自分ひとりでたんのうしているような唄い方だった。話しかけるとふたことみこと静かに受け答えして口数少なく、そっぽを向いているかと思うとそうでもないのであった。酌などする手並みに年増の落ちつきを見せ、一寸立ちかける時の動作には踊のふりが織り出されているようで、なんとなく寝顔寝相のきれいそうな身のこなしようは彼女の地でもあるらしかった。一時間いて彼女は帰って行った。来た時と出て行く時の挨拶の仕方が同じようであった。大した気なしに彼女をと云った私は、始めの何かこわれものにでも触れた気持を忘れかけ、彼女のすっとした後味をこと新しく酔いの発しらない気分に浮かせながら待合を出て行った。二月になると、五日置きぐらいに、縫い直しの綿大島を着、鼻の大きな眼の細い顔をまっかにし、私は待合若月の玄関にひょこんと現れるのであった。懐工合はかなり苦しい方ながら、若月は町で一二の料理屋で、五十畳式の大広間もあり、客種も土地のものより東京の客が多かった。ここにお春という女中がおり、ろくにチップも置かない私を悪くは扱わなかった。彼女は実家の近所の漁師の娘で、子供の時から十余年も若月に奉公し、主人には大分月給の貸しがあるという話もあり、すでに二十六になっていたが独身でまだ男の手のついたためしのない体との評判もあった。彼女が婚期を遅らせる理由のひとつには、彼女の肩にかかっている両親の家のこともあるようで、親のためにすけたり身を売ったりする漁師の娘は、三万足らずの人口が年々減るように魚獲高の少くなって行く海岸町ではざらだった。その一人であるお春は丸顔に不揃な目をして、小肥りで小柄で乳色の皮膚には濁りのない光沢がかすかながら残っていた。私の番は彼女の受けもちと定められたようで、何かと自由がきくようなものの、夕めし後物置小屋を出る時から若月へ行くつもりだったことはなく、第一涙金の多寡は知れているし、東京の知人や土地の友人などに頼んである就職口もいつ見つかるか見当がつかなかった。そんな身上の私が、一合二十五銭の白雪でも一時間二円八十銭の線香代でもないわけであろう。却《かえ》ってイソップの鴉みたいに哀れっぽくはた目には映りもしたろう。その当人も縄暖簾をくぐりたては小心正直にびくびくしているのに、酒がまわるとがらりと居直って、そのふんぞりかえった気持を若月まで持ちこみ、かけた文丸が来る間も待てず、口がさけてしまいそうな大きな声で歌い出し、お春をまごつかせ、文丸が入って来ても中々それを止めなかった。一切合財のことここに尽きるというように充血した眼をすえ、テーブルを叩き、肩をふり、わいわい騒いで、つれのある時ない時のけじめもつかないようであった。唄は大抵ひと昔流行った「ほこを収めて」や小学校時代の唱歌で、客の合唱にひきこまれ、文丸も癇性な声を張上げ、切れ長の眼は重い瞼で一時ふたをし、そのため婆さんのようにも子供のようにもなってしまう毒気のない笑い顔で「蛍の光」や「鳩ぽっぽ」を他愛もなく歌いだすことがあった。客も二人芸者の数も多い場合は騒ぎはつのって気違いじみ、他の座敷の芸者までがのぞきに来る程だった。文丸は「ほこを収めて」の伴奏みたいなことを三味線で行ける器用なところもあり、やがて彼女の糸で、つれは禿げ上った額をはすに「春雨」や「小唄」へと移り、私は酔って余計眼尻のたるんだ眼を細め、もとでいらずで覚えた「磯節」「島節」等の民謡をやるせないような浮かれているような調子でやりだすのであった。それからそれへと唄いつづけ、文丸は三味線をかかえたままで、帯の結び目の所へ挟んでおく朝日の袋から一本摘まみ出し、二口三口喫ってはまたとりかかる忙しさだった。たっぷりした黒髪はその時々で鬘《かつら》下地、洋髪、つぶし島田に変り、後れ毛一本見せないようで、着物も朱と緑の太く通るモダン好みのもの、御殿女中が着ていたかと思われる藤色の地に落葉松を散らしたものといろいろで、帯などどれも相当なものらしく、東京の百貨店の飾り窓から抜けだして来たようなけばけばしさだった。けれども面のやつれは手の施しようがないようで、たまには頰の一部をはたいて来るがいかにもとってつけたみたいだった。唄う時はいつも眼を伏せ、小さな口元をつぼめて並びのよい歯の先をそよがせるようにし、遠くの方から聞えて来るような低唱をひきだすのである。その歌の調子が、つけているものとは裏腹のような日蔭っぽい憂い顔にしっくりあっていた。また自分の十七八時分の思い出のように、彼女は「一文なしでもぬしがよい」と唄って私の目を白黒させたりした。小柄な体を大きく見せようとしじゅうお膝をし通しの私は、溶けてしまいそうな目つきで、彼女の唄にも聞き惚れ、やがて時間になると、立ち際を比較的奇麗に見せ、酒臭い座敷を出るのであった。のりこんで来た時とは別人のようになり、揃えさせた安下駄に足をのせるのであった。玄関の見送りは大抵お春一人だった。酔いの醒めて行く頬に夜風の寒さを覚えながら畑の中の一廓へ廻りこむこともあった。お春はそんな所へ行く人とは知らず、待合で横にならない私を「東京にいい人があるからだろう」といぶかしがった。私にすればそれは懐工合というものであった。まっすぐ帰る時は「うさ晴しをした、満足だ」と強いて己に因果をふくめるようにした。小舎に辿りつき、戸をこじあけ、梯子をのぼり、敷かれてある二畳の畳の上を手探りで蠟燭を探し、明るくしてから、寝る仕度にかかるのである。酔い方のひどい時はこれが中々手数で、満足に床がしけず風邪をひくことがあった。

文丸も生きた楽器ではなかった。私の行く程に少しずつなじんで来るようで、女中が後口を云いに来ると一寸顔色を曇らせてうつむいたり、座敷へ置いて行きぱなしで帳場に行ってしまい、帰りが遅いので私が玄関へ降りまごまごしていると、障子の向うからそっと唄いだしてみせたり、バットを半分喫って捨てる酔った時の癖を目で注意するようにしたり、路でぶつかると薄い肩先を色っぽく振って「こんちは」と云ったり、たって私の意を迎えようとしないまでも、顔にちゃんと書いてあるこちらの気持をむげにはねかえすような風はせず、出来のいい時ははたに目のあるのも平気で、自分の口へ酒をつがせるような芸者らしいふりをして私を飛び上らせるのであった。それやこれやで、「騒いで唄って、それ以上足を出すべからず」という自身の居所を弁《わきま》えているような用心深いいましめがずるずる解け、彼女の戯れにのこした爪のあとまで祟るらしく、相当文丸が私の骨身にささったようであった。けれども私という人間は三十二の今日まで、数々の恋愛をしていながら一度も好いた女の肌にさわる所まで漕ぎつけたことがなく、深傷《ふかで》にのめってしまったためしもないのであった。二三度の同棲生活にしても、相手と恋愛関係を通ってそうなった仕儀でなく、そのせいか急速に出来上ったものの寿命がどれも短かった。そんな纏りのつかない行き方をして来た私が文丸にひかれこれまでとは多少模様を違えた。

文丸も大分酔いがまわったらしい。目のふちのおしろいがぼーっと柿色に染まり、高い薄い鼻すじが冴えざえとして来た。百穂ものの軸のかけられた若月の六畳で、きゃしゃな火鉢ではどうこが湯気の音をたてている。

「君を見ていると浦里のような気がして来るよ」

と、私はひっそりした声で自分の身につまされているようなことを云う。

「そう」

「芝居でやるじゃないか。松の木の下にしばられ、やりて婆さんにぶたれる」

酔うほど水色に澄んで涼しい文丸の白眼を感じながら、私は子供の折見た舞台を頭の中で明滅させた。

「浦里ね、そうかも知れないわ」

さっぱりした、坐りのいい声で答え、一寸あごをひきつけるようにした。そして光る帯の間から紙入れをとり出し、名刺型の素人写真を四五枚つまみ上げ、一枚一枚のぞいて行った。

「見せないか」

手を出すと、彼女はためらいもせず廻してよこした。山を背景にした半身、池の前にしゃがんだ所、丸窓の前に坐った全身、人物は彼女一人きりで、どれも薄暗くまずい出来であった。殊に半身のは、洋髪にした顔が黒っぽく顔中皺だらけのように写り、どうしてこんな薄穢ない山出しの女とてもないような恰好に撮れるだろうと、私は情なくなり目の前の実物と写真の違いを照しあわせた。けれど酔っているし、昨今の私では彼女を見る眼が安物のレンズより正確だとは云いえなかった。

「いくら素人写真だってあまりひどいじゃないか」

と、私は無遠慮に云ってのけ、忌々しそうに半身像をねめつけるのであった。

「そうねえ。座敷の中のは割合いいでしょう」

「ああ、この方は無事だね」

と、妥協し、誰がとったかそれをきこうかきくまいかと迷い出し、きかないことにきめて、

「どれか一枚くれないか」

半分お世辞のつもりだった。

「いいえ、こんなの駄目よ。三年前撮ったのでいいのがあるの。今度あげるわよ」

「きっとだね」

「ええ」

文丸はふくらんだ目を細めて婆さんのような笑顔をし、テーブルの上の写真を静かに揃え始めた。私は冷めた盃を口にあてながら、

「どうしても君は浦里だ」

「浦里ねえ」

紙入れをしまうと、文丸は立ちかけだしぬけに「根なし草」という私には初耳の流行歌を唄い出すのであった。その歌は親のない子の儚なさを詠んだもので、彼女の唄い方がいつになく感傷的なのに私はびっくりした。頸をぬけるようにして立った儘、ひとくさり唄い終ると、すり足で座敷の入口へ行った。しっとりそこに坐って指先を揃え、一寸かゆいような眼になった。

親どもの目を憚り毎々そっと物置小舎を出る時から、若月へ行く心づもりを持つようになると、大抵一人で現れることが多く、来ても騒がず、文丸と差しでそこはかとなく民謡などを唄って世の中を忘れたような顔をしたが、それも再三のことなれば興味が薄れるの

はあたりまえで、彼女が「根なし草」を唄ってみせた晩をきっかけに、私はぐいと文丸へ引き寄せられ、そしてみるみる哀れな姿に変ったのであった。お転婆じみた所のない無口な彼女は調子にのって話すようなことをしなかった。一度「親兄妹のないのは寂しい」としみじみ洩したものの、彼女の来歴については少しも語らず、私生活の表裏の一端を話すでなく、吉野の内幕を見せるでなく、まして旦那との関係などは爪の垢ほども問わせなかった。かれこれ世話をしはじめてから四年ごしになる、彼女の旦那の事はその世界の人間の間では有名で、東京の土木業者であるというその男の顔をたててか怖れてか、彼女が目に余るような浮気沙汰をしないという風評も相当行き渡って、私の耳へもいつか届いているのであった。今のところ、芸者としてはそう籤運の悪い方でない彼女が、私などを前に置いて聞かせる程の愚痴や何か持ち合わせていないにしても、云えば自分の弱味を拡げることになるような話は一切封じて口にのぼせない、人前で容易に胸を解かない、悪くとれば親しみにくいつんとしたすましかた、よくとれば膝を崩さない気位の高さ、そうしたよくも悪くもとりつきにくい手ざわりなども、近寄って見ると私の歯にあいかねるようであった。しかしそんな彼女の持ち前を、自前芸者の無反省なおごりから来る嫌味ともいちがいに云えない、生来の血の冷たさともかたづけきれない、と考えるのはあながち私の鼻の下の長さを示す事になるばかりでないようであった。彼女の無口が生地のものに見えるように、孤児に生み落された文丸が、もの心ついてよりこの方ひとの顔ばかりいちいち気にして大きくなるうちいつかその身の護りのようにできてしまったカラとみられないこともなかった。彼女のもまれて来た場所が場所ゆえそのカラの厚さも堅さも普通なものでないに相違なく、テーブルを挟んで向いあっている彼女がだまっていると、その物質のようなものの圧力が迫って来るみたいで、私も気軽な口を塞がれ勝ちだった。また元来口べたでもある私は彼女の御機嫌をとる意味での話がうまく云えず、場つなぎに彼女の好きな菊五郎の芝居や活動の役者の品評をやらないでもなかったけれど、彼女はそんな話に躍りだしもせず、じっくり相槌をうつ風でもなかった。話はきれ、その間に白々しい空気が立ちはだかり、酒の酔さえ十分廻らないようであった。絵に書いた女のような彼女は、私がむっつりしてしまうと、自分も棒でものんだような顔をうつむけてしまい、思いだしては酌をするばかりで、決して私をもみほぐそうとする模様はなく、ますますこちんとしたものになってしまう。彼女にすれば、私が額に癇癪筋をうねらせた時には唸ったり、頬杖をついて天井を睨《ね》めたり、怒ったように盃を口へもって行ったりして、たたけば音のしそうに硬《こわ》ばるばかりだから、見ている方でも気詰りで挨拶のしようがなく、余計カラに入らざるを得ないところかも知れなかった。私は彼女ゆえに息づまり、彼女は私の気持を察して手持無沙汰になるみたいで、とに角、二人のさし向いはどちらにとっても楽ではなかった。それはそれとして、写真をやるといった文丸の言葉をきく前ときいてからとでは、私の人間に余程の違いが生じたのは事実で、それまでは、彼女を売約済の札のはられている展覧会の絵にみたて、いくら好きでも自分のものにならないと観念してかかり逢うごと「一文なしでも云々」を唄うにせよ、盃を自分の口へ持って来させたにせよ、また色身をして路でお辞儀をしたというにせよ、そんなことは彼女を名ざしで呼ぶ客にしてみせる商売人のサービスなのだから心して甘くなってはならないと手綱をひきしめ、何を云うにも先にはちゃんとした旦那がついているのだからなどと、彼女が水々しいものに見えて来るにつれ、自分を亀の子しばりにするに忙しかったような私が、写真をやるときかされその時は左程のことにも思わなかったが、彼女がいなくなると投げられた言葉の波紋にまきこまれたみたいにふらふらとなってしまい、いっぺんに地金をさらけだし、三日と待てず若月へのりこむのであった。その晩は何ひとつ唄う気にもなれず、おあずけをされたものの前にかしこまる犬みたいに文丸の帯や懐のあたりへばかり気をとられ、物もろくに云えなかった。それを彼女は写真のことなど忘れてしまったというような、とりつくしまのない顔をし通しで、一時間ばかりすると次の座敷へ廻って行った。終に私は云いそびれたのであった。その時云えなかったこともずっと頭の中で燻り、私を悩めた。段々彼女と向いあっている時間が耐えにくくなるのであった。そのくせ文丸が後口などで来ないことになると見苦しいまでじたばたし「ここは遊ぶ所で、あんたのような野暮を云いに来る所ではない」とおまけにたしなめられたり「誰か外の妓《こ》を」と云われても文丸でなければとさっさと帰ってしまうようなていたらくであった。涙金も五十円足らずに減っていた。

文丸の顔を弱い目で見ながら云いだすのであった。彼女は私のと別な前火鉢の方へ頸を曲げ、たるんだ頰を曇らせ、肩で息をしているような恰好だった。着ている着物も黒と緑の地味な縦縞で、白っぽい帯をしめ、髪も油っ気なしの束髪のようにし、体全体がいつもより小さく見えた。春とは云えまだ三月なかばの雪にでもなりそうな冷えつく晩だった。

「俺は苦しくなって行くばかりなんだ」

その言葉にたぐり寄せられたように、文丸はゆっくり乾いた頸すじをのばし、せつないような私の顰《しか》め顔をのぞき眼を落して、

「わたしも――おんなはうけみですから」

と、ずばりとした調子を幾分しめらせて云うのである。顔色の普通でないのもおしろいの向うにすけて見えるようであった。それに力を得て、姿勢をなおし、

「都合もあってね、これから余り来れなくなるんだ」

と、云って、こみ上げて来るような固まりを押し戻し、強いて歯を見せ、

「君に惚れていたことは覚えていてくれ。ね、惚れていた――ハハハハ」

「わたしのようなものに――」

途中から声をのんで、満更お座なりでもなさそうであった。また気抜けもしたみたいに暫く前を伏せた儘であった。その様子を私は喰いつくように眺め、自分にも自分がどうい

う顔をしているか解るようであった。二日前のことだった。駅前に本屋を出している友人を訪ね、壁に突き当ってしまったみたいな状態の打開策はないものかと、私は相談したのであった。幽霊のような顔をしているとも云い、酔って眼のふちがぼっとするところは悪くないとも云い、文丸に対して別に大した好悪を持っていない彼は、私が途方にくれて駈けつけるとその都度智恵をかし、素《す》のろけみたいな私の甘ったれた言葉もなるべく取りあげ、袖をひけばかけごとで損しながら自分も嫌な場所ではないので若月へ附合うといったような次第で、東京、海岸町と距った所から一時行き違いになっていた二人の友情も、文丸がかすがいになり大変繕りが戻ったようで、打開策として、彼らしくあるひと手を持ちだし、そうして路をつけるより仕方がなかろうとつけたすのであった。私も過去の経験から生物としての女がそうなった後と前とでは手の裏をかえしたような違いを見せるのは承知しているものの、相手が商売女のことであり、まして尋常な体の持ち主でないという文丸では素人女の場合と一緒にしては考えられなかった上に、それよりも手前のことで、私の望みどおりに文丸が身をまかせるかどうか、それに対してはこれまでのなり行きから私にはほとほと自信がないので、首を振ってみせると、彼は私をたたくようにいろいろ楽観するための材料をひろげ、君は文丸に参り過ぎているとも笑い、のるかそるか男らしく当るより外手はないではないかとぎりぎりのたきつけ方までするので、腰ののびてしまっている私は当ってみてやろとやけ気分で云い残し、その翌晩母親に怪しまれながら綿大島を銘仙のよそゆきに着かえ、使いのこりの金を全部懐中にして、借金を溜め始めた若月へ赴いたのであった。雨の降る日で、黒いへりをつけた六畳の畳もしめっぽく、床の白い桃が二三片散っていた。文丸は程なくやって来た。いつも通り、借りてきた猫みたいな無感覚な顔をして、紫檀のテーブルの向う側に坐り無言のまま酌をするのであった。強いて気持に弾みをつけたがるようにいつになく私は唄い続けた。彼女もひくだけはひき唄えと云えば唄うのであった。やがて三味線の音が止み、いれかわりに雨が聞えて来た。文丸はうしろへ廻した手で朝日を摘み出し、吸口をならしながら火をつけ、はたに誰もいないような喫い方をはじめるのであった。前の盃はつがれたなりで、彼女は私がすすめても中々それをあけようとはしなかった。酔った顔をして現れるのも珍しく、私に関係のないことで何か屈託の重なっているような昨今でもあるらしかった。私が自分で酒をつごうとすると気がついたように銚子をとり、すぐ雨の音へでも耳を傾けるようなひややかな顔をしてしまう。洋髪に地味な縞柄の着物を着、帯も油絵具で描いたのをしており、のぞかせる襦袢の裾の色まで薄いので、見ようによってはひとの細君か妾のような感じもして来るのであった。糊ではりつけたように襟元をぴたり胸につけるきこなし、帯あげの結び目にもすきがなかった。時には啖呵もきれそうな光る大きな目、姿のよすぎるほど痩せこけた肢体もたるみなくひきしまったものに映って来て、私は何気なくそこに控えている無言の彼女に押され、万一と期待して来た自分の心づもりが手もなくひきさかれて行くようであった。彼女にはりつけられてある札や、彼女の行状の噂まで目先にちらついて来、所詮手の届かないものに手を出そうとした己の無理が今更のように手にとれ、私はますますすくむばかりであった。しかしこのまま泣き寝入りをしてしまうのも忍びなく、つとめて腕まくりをするように構え「松樹園はいいだろうねえ」と独り言みたいな調子で云ってみるのであった。松樹園は海岸町の町端れにある旅館で、小さな庵のような家が松原の中にいくつも散在し、つれこみ宿として名がとおっているのであった。文丸には寝耳に水で、松樹園の意味がのみこめないようであった。聞きっぱなしであった。私は負けおしみのように、こんな斬っても血の出なそうな女のために高い金を使うのは惜しいとも思った。そして少したつと同じ言葉が、前よりも小さな声で私から出るともなしに出るのであった。「いいでしょうねえ」と答え、彼女はそれと解ったようであった。ちらりと反射的に私の顔をのぞきこんだ瞳にかすかな艶も読まれた。けれどももと通り頸をひねるとこけた頬を一入《ひとしお》曇らせるのであった。それなり私は松樹園を続けえなかった。そこにすすり泣きを始める芸当どころでもなかった。やがて時間が来て、憐むような眼を残し文丸は座敷から消えた。テーブルに頬杖したまま、彼女の出て行った方を見ていると、襖があいて、お春が入って来た。私は彼女に床をとってくれるようにそう云った。降る中を濡れながら物置小舎に帰るのも、畑の中の消毒剤臭い一廓へ廻るのも物憂いほど私は腰が抜けてしまったようであった。その私へなるべく不揃な円い眼を向けないようにして、床を敷き終り「おやすみなさい」と妙な微笑まじりのお春の挨拶だった。私はじょうだんも云えず、床のなかにはいこむのであった。生暖い雨は大降りになるばかりであった。絹蒲団のすべりを皮膚に感じながら、私は泣き出しそうな顔して雨の音を聞いていた。

二年たった。今年の正月、雑煮を食べかたがた私は東京から海岸町へ帰って行った。実家では父が亡くなり、家督を継いだ弟の嫁は今にも落ちそうなおなかをかかえていた。私は某通信社の仕事を見つけ、僅かながらも定収入にありつく身となり、また小説の勉強をやり始めるようにもなったが、女っ気とはその後縁がきれたみたいで、魔窟をうろついたり、自分の子供のような娘達のいる喫茶店へ出かけたりしては、どうにかその方のひもじさをごまかしているのであった。そんな私の頭の中にはいまだに文丸が生きていて、眼をつぶると何時でも彼女の顔がはっきり浮びだすようであった。昨年の秋から引き移って来た下宿屋の女将は文丸をひとまわりとしとらせたような人で、眼ぶたの重い切れながの目や、すっと通った鼻すじ、太ってはいるが色の白い所、その性質も下宿屋の女将らしくなく無口でお愛想に乏しくどこか品位の卑しくない点など、よく似ているようで私は彼女と廊下あたりですれ違う度その顔を盗み見する癖がついた。また仕事先に近い銀座裏の喫茶店に、文丸の妹のような娘を発見し、そこへ足を向け出してかれこれ一年になり、この頃では彼女の喜びそうな他愛ないものまで時々買って行くようになった。けれども十八九の生娘は「小父さん」とそう呼ぶ私とは余り話しもせず、ひっこくすると怒って寄りつかなかった。街を歩いている時でも、電車に乗っている時でも、文丸に似た顔にぶつかるとその度私の顔色は変るようであった。一昨年の春のこと、その文丸に、もう来ないようにすると宣言じみたことを云っておきながら、一週間もたたないうち私は本屋の友人と若月へ出かけて、つれや店からの電話で先に帰ると、彼女は早速「あなたのお父さんは堅い人でしょう」などと当時まだ達者だった親爺までひきあいに出し意見めいたことを云いだすのであった。私はめんくらって、彼女の言葉をその場ではまぜかえしたようなものの、金もなくなりかけたし、彼女の親切みたいなものも無くしたくないとも思って、待合行きを断念したのであった。そして間もなく桜時だった。濠端の桜並木に雪洞《ぼんぼり》がつき、一夜寄宿で長唄の温習会があった。吉野の子持ち芸者と二人して毛布の上へはすに坐り、まばたきひとつしないような必死の面相で連獅子を弾く文丸の、絵になったような姿を、久しぶりで見た私は再び若月へ出かけるようになり、借金がふえ涙金も尽きて、そこへ行きにくくなってからも、ひと工面をしたり、時には居のこりのうき目にあったりして、月に二三度は待合を転々と歩き、夏の終りまでそれがなおらなかった。相手は定って文丸で、彼女に貸しでもあるようによび続ける私を彼女はうるさがるみたいに、便所へ行ったなり半時間も座敷へ戻らないこともあり、同じ待合へ来ているのはその話し声唄声で解っているのに、後口をかけてある私の方へは何時まで待っても姿を見せない日もあった。ひとつは彼女を見たいため、盛り場を用もないのにまっぴるま行ったり来たりする私に気がつくと、急いで横を向いて行き過ぎたり、かと思うと機嫌よく「ほこを収めて」の伴奏をしたり、「一文なしでも云々」を唄ったりする晩もたまにないでもなかった。そうこうしているうち海岸に土用波がたって秋になり、私は追い銭のような五十円の金を実家から貰って自身就職口を探すべく上京した。やっと友人の世話で通信社の仕事を拾いあて今日にまで及んでいるが、下宿の女将や喫茶店の娘に、文丸の面影を見つけてしがないつなぎをつけ、外の女は一寸眼の底まで届かないもののようになってしまった私は、この正月も年少の友達と繰りこんだ料理屋から一度、相変らず競馬で損をしている旧友と出かけた待合から一度、彼女をかけたがその都度後口で駄目だった。それが六日の午後のこと、おもてを土蔵風にしたおでんやと同じ通りに並ぶ大きな待合の前を通り過ぎる時、そこへ横づけにされた自動車の座席をひょいと見ると手前の方に文丸がかけているのであった。髪を洋髪にし流行の袖なしのような茶っぽいコートを着て、おしろいののりのいい顔が瀬戸もののように白く、想っているよりずっと小柄な女に見えた。人の気配に気がついたように彼女はこちらを見た。思わず微笑んでみせると、彼女もそれに応じて眼を細めたが、私が視線を外さないので向うを向いてしまった。彼女の隣りには、トンビに鼠色のソフトをかむった、がっちりした体格の男が控えていた。赤味を帯びた顔色の工合なども、三四年前銀座で見かけた背広の中年者に似ているようであった。私は頸筋を棒のようにして自動車の傍を離れたのであった。そしてその翌晩、新年会がくずれ、私はつれもなく、まっかな顔を、あちこちから絃歌の湧いて来る盛り場の風にあてながら歩くともなしに歩いているうち、ふと吉野へ行ってやろうかしらと考えたのであった。かけた文丸は今夜も貰いがきかず、明日は東京へ帰る体でもあった。ことによると今頃は座敷から帰っているかも知れないし、いてもいなくても行くだけは行ってやれと、軽い肩先をはふり出すようにしながら門飾の並ぶ通りを歩いて行った。褄をとって急ぎ脚の白襟にぶつかりそうにしたり、だしぬけに笑いだしてみたりした。程なく吉野であった。路に面した、ガラス障子に並んだ鏡台の影が薄黒色に写っていた。その前も過ぎ、かつて手にふれたこともない檜の格子に近寄ると急に四肢が硬《こわ》ばる思いであった。それをはねつけ、気合でもかけるような調子で格子をあけた。そして何かの声色でも使うように「今晩は」と云った。

お稚子に結った蒼い顔の女の子が出て来た。

（「文芸春秋」昭和十一年六月）

手

待合を出る時は三人一緒で、つれが気をきかしたように、古風な鐘楼のある所から別れてしまうと、由造は君栄へくっつくように寄って行った。彼等は去年の暮、東京から由造が白襟をしている間帯の結び目にさす小さな扇を一本買って来て渡した晩カフェーへ行って年越し酒をのんだきり、その後ずっと顔の会ったことがなく、今夜はやがてここの月振りであった。この暮も亦それを買って来てくれと云い、その代り紹刺のガマ口を暇にあかして拵えておくからとの女の申し出に、由造も大体承知したのであった。二人が月に二三度という風に座敷で会ったのは、一昨年の正月から夏にかけてで、当時父親の死亡でいくらか勝手にできる金を握った由造は、しみったれた待合遊びを始め、千丸という女にまいってこれとうまく行かず地団太を踏んでおり、君栄も云いかわした若い土木技師に途中からおいてけぼりを喰わされる時分で、お互いに息の合うようなところもあるらしく、それに一人は啄木好きの文学芸者、一人はとに角作家と云える人間でもあったりしたから、平場続きの座敷もさのみよどみは見えないようであった。しているうちに秋になり、由造はしがない売文生活に立ち帰るべく東京へ発って行ったから、彼等の会う瀬は自然遠くなりもし、その間君栄は前受けのしない芸術映画を造るので有名な某監督とでき、双方の熱くなり方は一時花柳界の裏表を多少知る者の間に大変な評判となった程だった。けれどもとんとんびょうしに事がはこばず、君栄は映画監督には依然不見転《みずてん》という面をかぶり、この正月から丸の内界隈の商事会社の社長の世話になる身となり、旦那と男とのあぶない使いわけをして今日に至っているのであった。由造の方は女の話もこれとてなく、売笑婦街をまごついたり、喫茶店の椅子に長いこと腰かけたりして、独り寝の床の寒さをごまかし続けて来たのであった。そんな由造は東京で時々君栄を思い出すことがあった。扇子を買って来たのもその気持だった。君栄にしても何かのついでにふとやもめ男の顔を浮べることがないでもなかった。としもまだ二十二歳であり、双親の顔を知らず、十五の時から荒稼ぎに突きだされた君栄は、捨てられた小猫を見かけるとその前を素通りできないようなところもあった。

　九月始めの夜の十一時過ぎで、お濠端には人の気が全くなかった。星が熱っぽく光り、重い潮風がむせるように動いていた。濠に架けられた木の橋を、水色の座敷着を着た女と、白地のゆかたがけの由造はゆっくり歩いて行った。並んだところは丁度背丈が同じくらいで、由造はどちらかといえば小柄の方であった。君栄は髪をひっつめのようにし、うしろへかもじで拵えたものをとっつけ、油絵具で描いた丸帯を胸高にしめて、思いきり突きでた腰のあたりをあらわに見せていた。おしろいののりのいい、ひきしまった細面は白紙のように艶はなかったが、切れ長に見開かれた眼のふちに酒の色がほんのり匂い、黒眼白眼は垂れるように水っぽく、そこだけが重そうな腰にしなをつけながら歩いて行くような様子だった。四肢ののびもよく、すらりとしていた姿に早や中年増の風情が来て、素人のように見せたがる彼女の好みが余計そうした影をつけ足たせるようであった。もともと島田に結うのを嫌っていた女で、男から送られた鬘《かつら》をのせるようになってからも、大抵は断った髪の毛を洋髪にして、待合の女将などに煙ったがられた。芸者として何一つこれといった芸もなく、年寄りの旦那にすすめられ、この頃踊りの稽古を始めたがそれも長続きするかどうかわからなかった。土木技師との間が破れてからも、家庭婦人になりたいという尋常な女らしい欲念がなかなか去りかねているようで、妾という位置も彼女の潔癖が許さないのであった。そんな一途な気持の前には、世話になっている老人はもとより、派手商売の男も頼りなかった。年期は明けているし、残っている借金も千円を出ず、厄介者としては、これまで帳面の上だけでも五千円近く仕送りしている義理の母親がいるだけで、その実子も大きくなったし、行き所がありさえすれば大した面倒なく足を洗える体でありながら、その行き所がないような始末なのであった。鬘をくれた男ともそろそろ二年近くなる仲で、現在でもその人の映画が封切になる毎に欠かさず東京まで出向いて行ったし、先方も仕事の切れている間は月に二三度顔を見せに来ており、つながりだけはついていながらも、そこにずるずるべったりのものが立ちはだかり、君栄もひところのように彼をまるまる自分のものにしてしまいたいと苦しむような熱もはりも失っており、たまに会う時だけの面白味ということにかずけられたようであった。男が実の薄いものに見えたとき、彼女はそれまでいい返事をしなかった年寄りに体を許し、月二百円近くの保護をうけ、そんな二足の草鞋に身をのせるようになってからいよいよ彼女の足もとは心もとないものとなった。自分は家庭向きにできていないのじゃないかしら、とそんな自脈をこの頃とってみるような癖がつき、いつになったら水商売を止めることができるのだろう、とつい口を突いて出たがる溜息を強いてはぐらかす風であった。小さい時見て貰った易者が、二十五六までしか生きないと云った言葉を何かの救いのように思い出すこともあった。その生い立ちからして不遇だった魂は、満更感傷事と云いきれないようなはりつめかたで、影も形もない世界を憶うらしかった。

橋を渡り切ると、昔の二の丸のあとにできた宮殿風の屋根をつける小学校の大きな建物が手前に暗くぼかされていた。二人は狭い遊歩路について曲り、新しくできた白壁のすみやぐらの傍を通りぬけ、円い太鼓橋を渡った。そして黒松の太い樹や、親子の猿のいる檻、ブランコ、ベンチが散在する中に、春日燈籠まがいのものが薄明りを見せている平な場所へ出た。

「鈴虫がないているわね」

君栄は細い声で云った。

「そうだね」

由造も相槌をうった。虫にまじって、波の音もかすかに聞えるようであった。そこを抜け、小さな図書館の裏から土堤を下りた。

「私、あすこを歩いて来たい」

と、泣くように云って、土堤の松の影がしんとさしている方へ、君栄はうつむき加減で寄って行き、やがて由造の方へ帰って来た。二人は歩き出した。少し行くと、スレート屋根の小学校と、ペンキ塗りの商業学校の建物が両手に逼《せま》って来、路面もセメント畳になった。

「君はつづみはまだやっているの」

「ええ。不思議に長続きするの。つまんない時、たたいてみるの、つづみは独りでも愉しめるからいいわ。気持も落ちつくわ」

「ひとつ、つづみを贈りたいね。三十円位するものかね」

「三十円でもないことはないけど、お稽古用ね。新しくても古くても百円からのものでないとならないと云うわ」

「そんな高いものかね。じゃ迚《とて》も俺には駄目だ」

と、由造は投げ出し気味であった。彼は月収三十円をきれるような月もあるのであり、三十五になっていながら、かつて十円と纏った品物を如何なる女にも贈ったためしのない男で、金にも女にも決して恵まれた半生ではなかった。一枚看板のような小説の方にしても、人前に誇れるものを書いたことがあるとは云えないようであった。見ようによっては、何のために生れて来たのやら、自分でも返答に困りそうな存在に過ぎないのであった。

大手門の名残は、大きな石ころが二三ころがっているだけであった。そこを通ると、戸をしめてひっそりした二階建平家ばらばらの商売屋が両側に並び始め、山の温泉場に通う単線の電車通りを少し行き、箱根細工を売る店の角から、街燈もない細い路に入った。酔の醒めかけた由造の鼻へ、蚊やり線香の匂いと、女の香水のほのかなかおりがからんで来た。地面にちょんと置いたような小さな家の並びも過ぎると、古風な山門のある寺と御影石の門の寺とが向い合わせになり、路は間もなく大きな松ののびている丘に突き当った。その丘は外国軍艦に備えられた台場の跡であった。由造はそこで立小便を試みると、君栄は、それにかまわず向うへ行ってしまうのであった。その足どりを横目で読みながら、彼は女と自分との距離を計算したようであった。半年以上たって会うが今夜が始めての由造は、彼女の口から旦那のできたことをきいてもいなかったし、彼女の情人の話はまだ当人からこうと打ち明けられたことが一度もなかった。以前土木技師との場合をはたから見ていた由造であり、又ペンを持つ男でもあるところから新しい恋愛をわって云えない気づまりをもつと云うより、君栄にしてはそんな内輪事に触れさせるがものはない由造なのであった。云わば毒にも薬にもならない奇麗事のつながりを、由造は水臭いと思わないこともなかったけれど、こちらから根ほり葉ほり聞き出そうとするけしきもなかったし、彼女の体にたって手を出そうとしたこともないのであった。むしろ彼女とのはかない会い方をはかないがためにいとしんで来たような甘い寸法もないではなかった。しかし暫《しばら》くぶりに見る君栄の今年の暮にも彼のつまらない土産物を期待したりする何か手持無沙汰でいるようなたたずまいに、余程そそられるものがあるようであった。

片側は松林の丘、片側は石碑の黒く並ぶ墓地、中の細路は下駄の歯のよく通る砂地だった。「こんな路があったかしら」と君栄も素直について来た。物の腐る匂いと、潮の香が二人を包んだ。

「家庭にはいったからって、きっと仕合せになるとは限っていないが、君もいい加減にこの商売の足を洗ったらどうかね」

と、相手の事情をよく知らない由造は君栄を見る度きっと一度はそれを云うおきまりを始めるのであった。

「ええ――」

「男には仕事があるから独身で通すということもあるが、女はそうは行かないだろうからね」

「ええ」

「うかうかしているうちに年をとってしまうからね」

と、由造は自分の事を棚に上げたようであった。

「でも、お妾ではつまらないでしょう。千円かそこいらのお金を出して貰って、好いてもいない所へ行ったって仕方がないでしょう」

「しかし妥協ということも大事だろうからね」

「ええ。私、少し自分に甘え過ぎている女なのね。でも、もう二三年は芸者をしているより仕方がないと思っているの。それだけたって、どうなるという当はちっともないんですけど」

「うん」

「大袈裟に云えば、一日だってじりじりしない時はないわ。先の事を考えれば目の前がまっくらくなるだけですもの。それもこの頃は余り気にしないことにしているの。なるようになれと考えるようにしているの。第一私という者が、貰い手があったって家庭の女におさまれるかどうか、あまり自信がもてなくなったわ。いいママや妻になるにしては、この商売を長くしすぎてしまったように思えてならないの」

「うん。けどそう定めてしまうのはどうかね。自分に負けて居るような気がするよ」

「そうかしら。――こんなことをしていたんでは到底芸者を止められっこないの、よく解っているんだけど」

「それをよく承知しているんだから、そのように努力してね」

「だって、解っているんだけど、どうにもしようがないんですもの。いいのよ。どうせ私は長生きの出来ない体だと云われているんだし、じきお婆さんになってしまうんだから――」

と、君栄は薄い口元に力を入れ、こみあげて来るものを喰い止めるような顔つきになった。三年前、まだ土木技師とよかった時分、こげつくように家庭婦人の夢を追い、いいママになるのが私の唯一の希望で、それになれないときまった時は、無理心中でもなんでもして死んでしまうとまで云い云いした女だった。しかしそれを口にした当時、すでに彼女の体は子の母になれるかどうか頗《すこぶ》る疑がわしいものがあった。その後夜毎の酒が骨にしみ通り、現在は頭脳にまでひびがはいってしまったようであった。

二人は砂浜へ出た。けものの皮のような海が黒々と前方に横たわり、波打ち際には一本白い線がひかれていた。手近に見える半島は、夜目にもそれとすかされて、南方へのびる程その背筋が低くなり、先の方は空に消えていた。さくさくという胸のすくような音を揃えながら、彼等はプールの柵の傍を通り過ぎ、明るい球をさしこんだ俗悪なぼんぼりの立ち並ぶ間を抜け、渚の小砂利へ腰をおろした。波間になまめかしく光るものが点々としていた。

由造はあおむきざまになった。降るような星だった。海から陸へかけてのびる天の川もほのかに眺められた。

「こうしているといい気持だぜ」

由造は女を誘った。君栄は裾を気にしながら、体をのばし、頭髪のところに右手をたてかけ、自製のろざしのどうらんを持つ方を胸に置いた。暫く二人はだまっていた。潮っぽい飛沫が顔にかかった。

「この頃、鬘の人とはどうしているね」

と、何気なさそうに云いだすのであった。

「どうしてそんなことをきくの？」

と、君栄は一寸飛び上るような調子であった。その人は、製作にかかりだしたから当分行けないと云ってよこし、このところふた月以上も顔を見せないのであった。彼女がじりじりする原因のひとつは明かにそこにあるようであった。はじめて切りだした事を手もなくはねつけられ、由造は反射的な敵意を感じた。

「頭を砂の上へのせて御覧」

と、他意ないようであった。

「砂が髪にはいるからいけないわ」

　と、君栄は穏かに云った。すると、由造の腕がのび、頭のつっかい棒を外そうとした。細い手に思いの外の力が入っていた。それをきっかけにしでかそうとする由造の振舞に気がつき、君栄は慌てて飛び起きた。立ち上った女の体は、自分のそれより二倍もあろうかと思われるほど由造には大きく映った。君栄はさっさと向うへ行ってしまうのであった。出鼻を折られた由造は、だらしなくその後を追った。そして追いついた彼を君栄は格別避けようとはしないふうであった。ぼんぼりがなくなり、照明に白い砂の上へ、二人の細長い影法師がくっきりと尾をひき、まるで生きものか何かのようであった。それを目にとめ由造が、

「おい、よくあれを見ていてくれよ。そして俺が死んだら、今夜の二人の影法師を思い出してくれ」

　と、しめっぽい新派の台詞のようなことを、子供じみた口調で云いだすのであった。君栄はびっくりし、彼の傍から五六歩飛びのき、肩で息をするような姿勢で立ち止った。近よって来る由造の痩せた顔は、光線をうしろからうけているので黒かった。

「あんな心細い事は云わないでよ」

　と、親身な言葉であった。

「もう十二三年生きていましょうよ。ね、あなたは五十まで。私は三十五まで――」

と、いくらか鼻声になり、由造はしおしおうなずくのであった。

「砂浜を歩いたので疲れたわ」

「帰ろう」

間もなく防波堤へ上るセメントの橋にかかった。

「袖ケ浜の明りが見えるわね」

云われて由造は頸をひねった。遥か東へよった海岸の一処へぽんぼりの火が粟粒のように凝っていた。彼が帰省する度寝起するトタン囲いの物置小舎はその近くにある筈であった。そして今夜も多分そこへ帰って行く勘定であった。

橋を上りきると左手は細い赤松の密生した台場の跡で、ここらあたりは別荘の所在地として、とげの出た針金が棒と棒との間にひかれていた。君栄が十二三のまだ姐さん芸者の三味線を持ち運びに忙しかった頃は、この囲いがなく誰でも自由にそこへ出入りができたのであった。その時分肺炎を患った君栄は、挿絵のはいった本をかかえてはよくここへやって来、松の下に寝ころび、日なたぼっこをしながら頁をめくったものであった。囲いの外側は半分形のなくなってしまった大船や錆びた錨などのころがっている空地で暗がりからよちよちした猫でも出て来そうであった。

路は漁師の住む棟割長屋の間に挟まり、蓋のしてない細溝には生臭いものの匂いが熱気にむれているようであった。そこを出端《ではず》れると、路はずっと広くなり、かまぼこや、さかなや、酒屋、氷店と、しっとりした夜気にぼやけた軒燈の円い球を並べるのであった。向うから四五匹の野良犬飼犬が並んで来た。けれども人影と云っては由造と君栄きりであった。すっかり酔いの醒めきらない由造はふと女の手を握ってみた。熱くも冷たくもない、臘細工のような指や掌は、体に似合わず頗る小さかった。由造は女の手をとり、いくらか人通りのある電車通りへ出るまで離そうとはしなかった。

（「文芸懇話会」昭和十二年一月）

前はわたしも奥さんになるのが希望だったわ。土木技師のSさんとよかった時分、あのひとの子供を生んでいいママになるのが理想だったわ。実のふた親の顔も知らないわたしは、自分の子供を育てて、母の愛と云うものを知りたかったの。けどそれがわたしのあさはかな夢だったのね。十五の時から体を使い殺して来た体にはそれは無理な註文に違いないわ。間もなくSさんとも工合が悪くなっちゃったし、今じゃ子供をほしいともあまり考えないの。奥さんになりたいと云う気にもたってならないの。

パパの世話をうけるようになったのは去年の暮からなの。五十五で、丸ビルに事務所をもっている社長さんなの。始めのうち、わたしことわり通しでいたんですけど、福住があの事で営業停止を喰ってしまったでしょう。かかえと云えば三人しか居ない小さな芸者屋だし、親爺の内職の株もめっきり落ち目続きになっていた矢先きあの騒ぎで、ふだんは気性ぱりのおっかさんも碌々御はんがのどに通らないと云う風になってしまったの。迚《とて》もみて居られなかったわ。わたしの始末は梅本へ一時預って貰う話が纏りすぐかたはついたけど、梅本へ預り料として月々五十円わたしの稼ぎ高から差っぴかれる訳になったの。売れた時分は月三百円位あったものだけどこの頃じゃ百五十円せいぜいと云う所でしょう。梅本に五十円とられ、まだ借金が小千円のこっている福住へ分け代の五十円入れればあと五十円でしょう。五十円じゃ、わたし迚もやって行けないわ。五十円で着たり、穿いたり、お化粧をしたり、おつきあいをしたりなんか出来ないわ。それにわたしには横浜に居る義理のおっかさんがあるでしょう。この方にも時々お小使を送ったり何かしなければならないので相当かかるの。おっかさんはお父さんにおととし死なれてからは、わたしだけを当てにしているようなものなのね。たまにあえば、着物をこさえてくれ位の事しか云ってくれないけど、仕方ないと思っているわ。六つの時から十三の春福住へ来るまで育ててくれた親ですもの。帳面の上だけでも、今までに五千円位のお金がいっているわ。お父さんの亡くなった時は、お墓までわたしが建てたの。でも今になってみると、もっと死ぬ間の看病をしてやればよかったのにと心のこりだわ。

福住が営業停止を喰ったのをきっかけに、わたしパパの世話になるようになってしまったの。始めのうち、よく云ってやったわ。わたしパパが好きでもなんでもないんだから、パパを利用するつもりだけなんだからって。苦学をして大学を出て成功したと云う人にしては、成り上りものらしい鼻にかけるようなところがなく、さっぱりした気のさばけたいいお爺さんで、そんなにわたしの体をほしがる方でもなく、わたしを君、君って呼ぶけど自分の前にいる時だけ娘のようにしていれば満足と云う風なの。不見転《みずてん》上りで、わたしがこれと云う芸をもって居ないのを哀れんで、わしのついている裡何かひとつ芸を身につけろと云われ、わたしこの春から踊りを師匠について習い始めたの。云わば五十の手習いのようなものだけど、踊りは好きなせいかお稽古にも身がはいるようだわ。どうにかこの頃では、宴会のお座敷でも、前みたいに、膳を運んだり、お酌ばかりして居なくてもいいようになれて来たわ。わたしはそんなつもりではなかったのだけど、パパは踊りを一生懸命にやって、芸者をよしてもそれで御飯が喰べられるようにしろと云うの。つまりお師匠さんになるつもりでやれと云うのね。わたしも、二十四だから、そろそろそんな事を真剣に考えなきゃならないのかも知れないわ。でも、ひとに踊りを教えてそれで喰べて行くのなんか、考えてみるだけでも忙しいような気がするの。自分の髪の毛が薄くなって行くのはよく承知しているんだけど、芸を当てにして生きて行かなければならないものかしらと考えるとたまらないような思いがしないでもないわ。

世話になっている裡、わたしだんだんパパを尊敬するようになったわ。パパ、パパと呼ぶせいか、父親にあっているような気持になってびっくりする事がよくあるわ。月々のものもとどこおりなく渡してくれるし、玩具可愛がりばかりでなしに、わたしの事もいろいろ心配してくれ、この暮には綺麗に自前にしてやると云っているの。もう借金はいくらもなし自前になるもならないもないようなものだけど。わたし分け代の外に五十円ずつ福住にもって行ってるでしょう。都合百円のお金が毎月はいるから、うちでは商売を止められても、格別どうってことはないの。それに暮になれば営業許可が下りる事になってもいるの。けど、うちの中は迚も暗いの。親爺はこのところみつきばかり胃病で寝ついているし、おっかさんもふさぎこんでいて、わたしの気のせいか、わたしが梅本へ行ってからはおっかさんのわたしに対する調子が前と違って、何かこう打ち溶けないものが出来てしまったようなの。なんと云っても、福住はわたしが大きくなったところですから、日に一度はきっとうちへ寄る事にしているの。わたしは親の家へ行くような気持なのに、おっかさんはこの頃言葉使いにまで気をつけるようにしたりして——でも、営業許可になって、わたしが帰って行けばもと通りになると思っているわ。パパは自前になって膝元の新橋から出ないかとよく云うの。そうすればパパの都合にはいいでしょうけど、わたしはそんなにまでパパの手許にひき寄せられてしまうのはいやだし、そうなれば福住もたたなくなってしまうかも知れないでしょう。こう云うとわたし大へんしょっているみたいだけど、これまでのわたしは福住の看板だったでしょう。前程売れなくはなっても、わたしが居れば福住の箔にならないこともないの。ほかの妓《こ》二人はまだとしも行って居ないし、わたしがぬけてしまって御覧なさい、福住は火の消えたようなものになるの見えているわ。分け代に足してもって行く五十円は、なしくずしにわたしの借金を減らして行くお金なので——

Sさんの次ぎに出来た愛人は映画脚本家で新聞小説も書くあのHさんなの。逢いそめは、おととしの涼風の吹き出す丁度今時分だったわ。Sさんとの事でうけた手傷が消えて間もなくだったの。おのろけを云ったって仕方がないけれど、あの人も始めの頃は東京から月に五六度はやって来たり、二人でひと月近く紅葉の温泉場を歩き廻ったりしたわ。その年の暮には二百円も出る鬘《かつら》を買ってくれるし、わたしに負けない位、あの人も夢中だった。としは四十近くだけどおっ母さんをみているきりで、独身生活をして来た人だから、あんなに手ぶらになりきれたのね。昔の芸者みたいな役者狂いじゃないけれど、わたしも最初Hさんの名にふらふらっとした事は否めないわ。体が大きくがっちりしている位が取柄で、眼じりは嫌味な位下っている赫《あか》ら顔で、決していい男っぷりと云うんじゃないの。活動気違いのわたしは矢張りあの人の名前に先惚れたのね。近寄ってみても大した幻滅はなかったわ。江戸ッ子らしい鼻っぱしの強さと、竹を割ったような綺麗なところがあり、活動屋らしいきざな薄っぺらさもなく、ものごとによく気のつく暖い心持も多分にある人で、あの人を知った事はどんな生きがいだったか口には云えない位だったわ。そんな風でわたしとしては天国へ住替えたような気持だったけれど、稼ぎ高の方はHさんと出来てから目に見えて減って行ってしまったのね。芸者が百人居るか居ない位の、猫の額みたいな狭い海岸町のことですから、Hさんとの事が口の端にすぐたって、いろいろ商売の邪魔をしたし、わたしはわたしで、Hさんのいろだと云う気位いから、それとはなし客扱いもぞんざいになるし、出来るだけ不見転は避けるようにし始めたの。ひとつは年期があけて分けになったので、その我儘が通り易く、それにうちでも外の売れない妓と違って、わたしには前々から大抵の事は大目に見ていると云う風なのね。嫌な顔をせずおっかさんはお金を云うたんび貸してくれたし、わたしも借金で首が廻らなくなればその時はその時と云う了見で、ただもうHさんとの事だけより眼中になかったの。だけどそんなのぼせ方は一年ともたなかったわ。今になってこんな事を云うのは自分の馬鹿をさらすようなものだけど、始めのうちよくあの人の云った、「俺は独身主義だ。いくら好きになった女とでも結婚はしない」と云う宣言みたい文句のうらが一年もたってやっと解るようになったのね。それを聞いた当座は、一緒になれたってなれなくたってそんな事は問題じゃない、月に五度でも六度でも会えればと云う浮いたような気持だったたし、その後もずっと一緒になるならないは気に止めないでつきあって来たのですけど、それはわたしの心持でHさんは別に東京のバーか何んかで新しいひとを見つけてしまったのね。何を云っても商売が派手だし、眼の恰好にもそう書いてある通りでしょう。あきないで、わたしひとりをもってくれなんて云う方が無理かも知れないの。と云って、海岸町へやって来るHさんの足数がみすみす少なくなるのを知りながら、じっとしても居られないでしょう。前の時は逃げ腰になったSさんを殺して自分もとまで再三突き詰めたけれど、今度はそれ程でもなかったわ。

このそれ程になれなかったのが、あの人を外へ向けた原因のひとつと云って云えない事はないわねえ。ともかく、海岸町へ来るHさんより、東京へ会いに行くわたしの足数の方が多くなり、痩せ我慢をして居るとまるひと月も姿を見せなくなるようになってしまったの。これが恋と自分でもはっきり云えるような恋を二度して、二度とも終りがいけなかった。芸者としては今までのところそう短かいくじをひいたとは思わないけれど、天は二物を与えずと云うのはこのことかしら——

Hさんとうまく続いて居れば、いくら福住が営業停止を喰ったからと云え、Hさんの手前、わたしパパの云う事をきかなかったと思うわ。またもとの不見転をして稼ぎ始めたにしろ、パパの妾にはならなかったと思うわ。今でもHさんには、わたし前どおりの不見転と云う事になっているんですの。あの人は、お金のあまりある方とは云えないのに待合の払いなんかきちんきちんしなければ気に済まないし、中々自分の体面は重んじるし、決してざっくばらんに行ける人ではないから、わたしがパパの世話になっているとひとこと云ったら、それまでよ。それが恐ろしくてわたし嘘を云い通しているの。今年になってからは、月に多い時で二度、ふた月も会わない事もあるような、云わば腐れ縁みたいなものになってしまったけれど、わたしHさんにまだまだ未練があるらしいの。向うでも云っている嘘を本当のように聞いたふりをして、わざと膝枕なんかして、山の温泉場を廻った時のことなぞつぶやいてみたりするの。そして腹のなかでは、あなたをだまして居て済まないと手を合わせているようなの。又三度に一度は、そんな時パパを思い出し、穴の中へ這入りたいような気になってしまう事もあるわ。又あんな爺、もう来なくなればいいんだと勝手な考えに突きのめされる場合もあるわ。どっちみち、Hさんとの仲はそう長い事じゃなさそうね。パパの世話になり出してから、目に見えて二人の息がちぐはぐになって行くばかりなんですもの。パパはわたしにいろのあるのは百も承知と云う顔をしているわ。だけど、それがまさかHさんとは思っていないらしいわ。よしんばHさんだと解っていても、パパにはそんな事どうでもいいのね。わたしが娘のようにパパの云う事をきいて、素直に可愛がられて居ればそれで上機嫌なのね。若しわたし、あの人が好きだから一緒にしてくれと云い出せば、よしよしと云いかねないようなところがあるの。この暮には立派に自前にするし、春の仕度は海岸町で並ぶものがない位のものにしてやると約束しているの。まだ三十には五六年間があると云うのに、よく見ると眼尻のあたりに小皺のよった、出しがらみたいな体のわたしのようなものに、そうまでしてくれるのかと思うと涙の出る程うれしいにはうれしいわよ。それと一緒にその好意をもらいぱなしに出来ない気性の自分をしみじみ思う程、たまらなく侘しい気持になってしまうの。借金が抜けて自前の姐さんになる時は、新しい別の証文を書く時でしょう。どんな春着を着せてくれるか知らないけれど、それに袖を通すのは、赤い獄衣を身につけると同じじゃないの、これまで長い事不見転をし、これから先又何時よせるか解らないお妾づとめをしなければならないのかと思うと、踊りのお稽古どころではないわ。夜もおちおち眠れないわ。そんな時願にかけたようにパパがもう来なくなってしまえばいいと念ずるの。君栄が出てしまえば家の中がまっくらくなるような福住のうちを呪うの。ついでに、わたしの袖を中々はなしそうにない横浜のおっかさんまで恨めしく思うの。何もかもうっちゃって、どこか遠いところへ行って、せいせいとした息がしてみたいと、出来ない相談なのはよく解りきった事で、頭をこがすの。

昨日、ふとその気になって、うちから梅本の二階へお人形箱を持って来たわ。わたしのたったひとつのコレクションなのよ。大きいの、小さいの、はだかの、わたしの拵えたおべべを着ているの、とりまぜ二十位になったわ。ゆうべはセルロイドのキューピーさんと一緒に寝たわ。しなびた乳首をおっつけたりなんかして……

（「早稲田文学」昭和十二年五月）

通り雨

父親が死に、たった一人の弟が入営中だったので、その留守をみるような役に廻わった一木は、いくらか遺されたものをちびりちびり持ち出しては待合遊びを始め、千丸と云う芸者に迷ってこれとうまく行かず、いつかその女とははなれて行って、当時千丸をかけても来ない場合のつなぎのようによびつづけた君栄の方へ気持が進んだものの、間もなく一人は海岸町一人は東京と別々になったうえに、一木は三十をだいぶこしていながら自分一人喰べて行くのがやっとと云うみいりの乏しさから、ごくたまにしか君栄と会えず、江東の魔窟を徘徊したり、茶房の椅子に尻の痛くなるほどかけていたりして、どうにかその方を始末して来た。丁度彼が千丸につまずいていた頃、君栄も若い土木技師との仲がわれ、一時は大変な荒れ方をみせたがそれものどもと過ぎてしまうと、海岸町や近くの温泉場へ撮映の合い間よく遊びに来る映画監督と出来、双方の熱くなりかたは狭い花柳界の大評判だった。けれど独身者の監督と一緒になるでなし、末の約束があるでなし、ただずるずるとあい続けるような行き方が一年一年半とたつうちには、ついぼうふらもわき始め、男からの電話で出かけて行った座敷に同じ土地の芸者が来ているような勝手になった時分、彼女が七つの春からそこで大きくされた芸者屋が営業停止のうきめに遇い、早速こまり出すと云うような雲行に、それまでいい返事をしなかった老実業家の世話になり、千円ばかりのこっていた借金もかたづいた自前芸者として、営業許可がおりるまで別の芸者屋から看板借で出るようになったが、そんな身上の変りようは一切映画監督の前には伏せて置き、依然これまで通りの不見転《みずてん》を装うのであった。時めく一流の映画人は中々の気負いものであり、懐中はさして楽でないのに待合の支払など一文も借りの出来ないような肌合でもあった。老実業家にしても彼女にそんな知名な人があろうとは知らんふりの、間違ったときの要心に踊りを十分習うよう、自分のついているうちに名取り位にはなって置くようなどと、芸としては何一つもっていない君栄を励すと云う風な旦那ぶりであった。この二人に口をふいては身をまかせるうち、二十三の彼女は不見転時代には味った事もない気ぜまさにつかまるのであった。

そんなところへ一木が七ケ月ぶりに東京からやって来た。彼女は自分から身をのり出すようにして、去年のように今年の暮も亦、松のうち背中へさす小さな扇子を買って来てくれるよう、わたしは絽ざしのガマ口を造って置くからと約束させた。嘗《かつ》て手紙一本やりとりしたこともなければ、体にも触れてない間柄なのにと、一木は一寸面くらったが、それを彼女の他愛もない酔狂とあっさり云ってしまえないものをうけとりもし、待合を出て一緒に外を歩いての帰り路で、彼は彼女の手を握ったりした。それから十日ばかりして彼は又やって来た。当時地方新聞に小説を書いていくらか小使銭のあるらしい彼であった。その時の座敷で双方いい加減酒のまわったところで、君栄は持ちきれなくなったものをそこへほうり出すように、私生活のすみからすみまで調子にのってしゃべりたて、とど一糸まとっていないような気持におち、いっそパパに頼んで一木と一緒にさせて貰おうかしらと、旦那のある事を云いかけるとカッと逆上して自分を泣かせた彼の顔を必死なまなざしで瞶《みつ》めるのであった。彼は、言下にめしはたけるか裁縫はとたたみかけると、そんなこと習えばわたしだってすぐ出来るとあとへひかなかった。ではと云うかわりに、彼は三文文士迚《とて》も君を満足させる暮の出来るようなはたらきのあるものではないと、卑下したような口になり、何んと云っても大津監督は一流なのだからとつけ加えるのであった。大津を坊ちゃんだ、女にもてるのを鼻にかける道楽者の活動屋だとあしざまに云っていた君栄も、一木にそうはずされるとたってとまでは云いつのらず、それが彼女の境涯でたったひとつのまばゆいものと云うように、誰とするやらまるきり見当のつかない結婚話にむきなすわってしまった眼を光らせるのであった。そのときも二人はきれいに別れ、東京へ帰って三日目に彼は君栄に始めての手紙を書き、こちらであいたいから電話をくれるようにと記したりした。しかしそれは待てども空しい事になり、彼の自信たっぷりのような手紙と一緒に、撮映を終った監督がみつきぶりで海岸町に現われたのであった。

あのときはあのように身を退くような口をきいたものの、若しも本気に君栄が一緒になりたいと云うのなら又相談のしようもあろう、兎に角今一度彼女の腹をたしかめたいと、八拾銭の帯紐を手土産に一木は十五日目に海岸町へ行った。当人はよしなるつもりでも、十六の時からの荒稼ぎに子を産めなくなった体をかかえ、夜毎の酒に親しみ、どこか性根の骨っぽい大たばものの女が、ひっそりした貧乏世帯のみちづれにはまるかどうかと甚だあやぶみながらも、彼はつい彼女となれるものなら一緒にと云う甘い量見にひきずられたようであった。来た君栄は珍しく嘗て大津から贈られた島田の鬘《かつら》をのせていて、気にならないと先から念を押した。さいさきの悪さを感じながら土産ものを出し、電話をよこさなかったことをなじると「東京で友達と遊ぶのはいかにもパパを利用しているようで」などとそらしたりするから、彼の酒は荒れる一方となった。したがあれこれと手さぐりで彼女の腹を読もうと努力するけれども、「わたし一緒になりたいなんて云ったかしら」としらをきるような君栄よりさぐり出せないのであった。そうこうしているところへ、芸者屋から迎えの子供が来、彼女は階下へおりて行って暫《しばら》くして上って来て「わたしどうしても外せないところからかかって来ているの」と流石《さすが》に云いづらそうな顔であった。「行ったらいいだろう」とまずい顔を一層苦っぽくして一木がそう云うと「そんなむずかしい顔をしないで。ね。本当の事を云いましょうか。大津が来ているの。九時三十分で帰るの」彼が歯がみしながら頷くより早く、君栄は土産ものも忘れ、大股で廊下をかけ出した。彼もすぐ勘定をし「これから東京へ帰れる」と心配する女中に送られ待合を出て、のぼりの八時十八分に間に合った。一度に酔いの出た体を支えきれず、クッションに横たおしにしたが、それでもなお彼の手に余るようであった。

君栄の忘れて行ったものを、眼をつぶり小包郵便で送り、それから二三日すると君栄の手紙が届いたのであった。五輪のマークをつけたレター・ペーパーに四枚、小学校を出てない哀しい手で、貴方と書いたり貴男と書いたりしたようなたどたどしい文面の終りの方に「自分勝手な考え方ですが、安心して何んでも話せる人、そして気持の上でどうしてよいか解らないときにおしえていただける人」として御交際を願いたいと書いてあった。その折り返しに「自分のようなものが君のお役に立つなら」と記し、若い身空で、養母をしょい、左前にある芸者屋を自分の家のように思ってする苦労の外に、いろいろこみいった男出入に身を横たえはじめた君の力のたしになって行きたいと結んだのであった。その気持に満更嘘はなかったにしても、時と場合によりいろいろにとれるところの「一緒に」と云ったあの際の言葉が耳の底にこびりついて離れにくい彼は、海岸町へ行くかわりに一層しげしげと喫茶店に足を向けるのであった。異臭を放つ溝をめぐらす一廓をまごつくのであった。用があれば先方から口をきってくるだろうとそんな風な痩我慢をはりとおし、彼女と夏の夜の海岸を歩いた当時の模様を小説にしてみたりした。

銀座の亀屋の前あたりで、向うから来る君栄を見かけ一木がふと立ち止りかけると、相手は逃げるように体の向をかえ左手に曲るのであった。むっとしたようにそった段鼻を余計尖らせた女の横顔にやや戸惑いながら
「おい、おい――」

と、一木ははたの目を忘れて大きな声を出した。すると君栄は誰を呼ぶのだろうと云うように皮肉な面持ちで、一度ふりかえってから歩き方を遅くした。

「どこへ行くんだね」

「昼間から顔を赤くしたりして」

「いや、君に会えたので喜んでいるんだよ。きっと銀座でぶつかるときがあると思っていた」

「鯛焼ばかりくっているからよ」

一木が夜な夜なそんなものをふところにして、下宿から近い喫茶店に現われると云う新聞に出たゴシップを、朝の汽車の中で読んだばかりの君栄だった。あれから四ケ月も顔を見せなかった訳もかぎつけ、彼女は勝手な腹の立て方をしているのであった。

「あれ送るぞ」

彼はおっかぶせるように云った。あれとは扇子のことに違いなかった。

「あれ出来てるわ。送るの。どうするの」

君栄も鸚鵡がえしに上わずった声であった。あれとは手製のガマ口をさすようであった。

「そうだな。大体正月も海岸町へ行かないつもりなんだが、一寸弟の家の敷居が高くなってね」

「敷居が高く？」

「うん、一寸ね」

彼はそんな嘘をついた。正月帰りたくないと云うのも、例年どおり物置小舎の中で元旦を迎え弟の家で雑煮をくうのが辛いだけのことであった。でそんなに大袈裟に敷居が高いなどと云いふらすのは、鯛焼のせいで海岸町へ行けなかったのではないと云う彼女へのきかせが大分まざっているらしかった。

「今日はどうしたの。これから踊りの稽古に行くのかね」

「いいえ、いろいろ買いものがあって」

「そう、じゃ午めしでも喰べないか」

「ええ」

二人の歩いて行く左手に、一木が月三四十円の稼ぎにありついている通信社の大きな建物があった。

「十分とかからないよ。待っててね」

「え、待ってます」

彼女はきっぱりしたもの云いだった。

それから二十分ばかりののち、君栄は小間物屋にはいって行った。間口二間半位の小さな店で、軒下にはしゃれた松飾り、ショウ・ウインドウのガラスのうちにはキラキラしたものが並べられてあった。洗い髪、島田、銀杏返し、桃割れ等昔風のあたまをした女達がとりどりの品物をいじったりしゃべったりしていた。去年の暮そこで一本十五銭の扇子を買った事のある一木は、前の通りに突ったち、西を向いたり東を向いたりしていた。雨になりそうな灰色の空で、セメントだたみの路が鈍く光り、芸者屋の軒をつらねる街は物静かであった。紙芝居を囲んだあたりから子供達の笑い声がして来たりした。

包をかかえた君栄が出て来た。彼女は荒い大島の上下に、海老茶のビロードの肩掛けをし、髪をひっつめにして、そんなとこに用のありそうな女とはうけとれにくい装いでありながら、近よって見ると、艶のない乳色の肌、ゆるんでしまったような肩から二の腕へかけての工合、すんなりとのびのよい四肢にもそのとしらしくないたるみが見えた。

「これからゑり丹へ行くの」

「ゑり丹て?」

「尾張町の近くなの」

「お正月の仕度を買い集めると云うところなんだね」

スタンド、バア、髪結店、すしや等小さな店が三尺路次の両側にごみごみしている間を通り抜けてから電車通りを横切り、又がらんとした裏通りに出て、その通りを歩いて行った。屋並のでこぼこな両側の街は一様に黒ずんでいるようであった。ゑり丹で用を足すと二人はその通りをひき返してきた。

「俺はさっきあすこで前借したんだよ」

「そう」

と云って、君栄は切長のぱっちりした眼もとを溶けるようにした。一木のガマ口には十円札一枚に、銭が少しばかりはいっていた。

「おごるよ。どこへ行こうかな」

「どこでもいいわ」

「じゃ、松坂屋のてっぺんへ行っておでんでも喰おう」

「ええ。わたし松屋へはよく行くけど、松坂屋はさっぱり知らないの」

膝のところまでの旧式なオーバーに、すみの白茶けた短靴を穿き、縁のだらりとした黒のソフトをかぶり、洋傘をぶらぶらさせている貧乏ったい田舎者然とした小男にくっついて、君栄は百貨店に這入って行った。

そこを出ると一木は近くの喫茶店につれて行った。煙突の中みたいに煙草の煙りのためこめているあたりには半裸体のような女がうようよして居り、あいたテーブルが中々みつからないほど、金釦《ボタン》、背広、トンビが一杯陣どっていた。アルコールの匂い、香水の匂いがからみあって、君栄は一寸顔を顰めた。

二人は隅の方に席を見つけた。三つばかりの紙包を椅子に置くと、君栄は珍しそうに綿や銀紙の星で枝をしなわせているクリスマス・ツリーや低い天井につるされた数々の風船へ眼をやった。

「こんなとこで一週間位働いてみるのも面白そうね」

「つまらない物好きと云うものだよ」

苦笑いしながら、一木は暁に火をつけた。そうかしらと云う風に、相手をはすに見て、するりと肩掛けを外した。花が咲いたように、長襦袢のえりが派手な色気を見せた。

「踊りには一週間になん度位来るの」

「二三度だわ」

帯の間から赤い回数券をつまみ出し

「これで乗っているの」

「三等とは感心だな」

「ほ。でも大変よ。云わば五十の手習いのようなものでしょう」

「そうだね。それに何事だってひとかどのものになるには並大抵ではないからな」

「え。踊りは好きだしわたしも一生懸命なの。花柳徳三兄さんも身を入れて教えてくれるようだわ」

「パパのセリフじゃないが、間違ったって一芸をつらぬいて居りゃ」

「でも名取さんになるまでまだ三四年はかかるような気がするわ。いい加減のお婆さんになってしまうわね」

「まあ」

白い茶碗に申し訳のようについた紅茶が来た。

「これから歌舞伎座の立見にでも行ってみようか」

「昨日行ったわ。三津五郎が三面子守をやっているでしょう」

「じゃどこか活動でも」

「今日はまっすぐ帰るわ」

「そう、俺も一緒に海岸町へ行こうかな。ハハハ君の回数券を利用して」

「ええ、いいわ」

「あしたは日曜で通信社の仕事はなし」

静脈のすけて見える腕をひねり、クロームの時計をのぞいて
「四時二十分に間に合うわ」

「すぐ行くか」

一木は先きにたった。

「もう帰るの」

と、顔見知りのまっかなドレスを着た女給が、眠むそうな眼を寄せて来た。

「ああ」

彼は気のないもののように答えた。ドレスはかがんで包をかかえようとしている君栄の、鼻すじのまずい為めおかしく見える横顔を一瞥し、さっさと行ってしまった。勘定をして出ようとすると、君栄はドアに手をかけて待っていた。彼は咄嗟に自分が老実業家にでもなったような気迷いを覚え、改めて彼女を眺める眼が一寸痛いようであった。

尾張町の四つ角から西側に廻り、人通りの多くなった舗道に出ると、ぽつぽつ落ちて来た。君栄はしなやかな足の運びをいくらか早めた。と、通りすがったショウ・ウインドウに小さな銀色の扇子を見かけ、一木が「あれ、買って行くか」と云うと、君栄は頭を横に振った。「吉野屋のを買って行かなければいけないのだな」と云うと君栄は子供っぽくうなずくのであった。午頃出遇った店の前も過ぎて少し行くと、髪をわけた中年の背広が横手から現われ、君栄はこれに素人然としたお辞儀をして立ち話しを始めた。一木は先きに行き、夕刊を買った場所で立ち止っていると間もなく君栄がやって来て、又一緒に歩るき出した。

「あの人は何んだね」

「亀屋の出張販売人なの。よく海岸町のお座敷であうわ」

「パパでなくってよかったね」

「フ、フ――」

そして何気なさそうに
「わたし海岸町へ着いたら、すぐハイチャをするわ」

「うん」

彼は咽喉をしめられたような顔をし
「俺は次の早川まで行くよ」

「どうして」

「だって駅の前で、君の乗って行く自動車のガソリンを頭からあびせられるなんていい図じゃないからな」

「必ずしも自動車とは限らないわ」

「いや、俺は早川まで行くよ」

と、彼はぷりぷりした。そしてそんな見えすいた意地をはるうち、彼女の袖をひいて一夜の宿を乞うような気になれない彼は、彼女と同乗して行く事まで急に興ざめがしてしまうのであった。

雨はぽつぽつながら上りそうになかった。大きな製菓店の角を曲るとすぐ
「どうも止みそうもないな。海岸町をふられながら歩いても仕方がないな。俺は行くのはよそう」
と、云いながら君栄を注意した。と彼女はぎくりとしたような顔つきをし、一寸間を置いて
「そうね。雨じゃ駄目ね」
「どうせあと七日すれば大晦日だ。じき帰るんだから」
「そうねえ」
いつの間にか彼は帰省する事になっているのであった。
新橋駅の正面に来、はいると君栄は傍らの売店へ目を向けるので、彼はややためらったのち
「これをもっていらっしゃい」
と、夕刊を手渡した。
「ありがとう」
君栄は上体を曲げた。彼は離れて入場券を買って来、改札口で君栄に重なると
「ここで結構よ」
「まあ」

プラット・ホームには冷たい風がふいていた。二人はずっとはずれの方のベンチに腰をおろした。前には震災でいたんだままになっている駅の裏側が寒々と立ちはだかり、その横に曇った屋根の重なりが遠く眺められ、駅前の広場に点々としている人影も見下された。

一木はせつなそうに黙っていた。

「わたしは何時もそうなんだけど、帰りの汽車をここで待つ時、東京には誰も知っている人がないような気になって仕方がないの」

一木の居ずまいにつきあうようなことを君栄は云い出すのであった。

「うん」

「して貰いたいことはして貰っているのに勝手だけど、パパなんかもう海岸町へ来なくなってしまえばいいと思うわ。いくらいいパパだって矢張り佗しいわ」

「うん、横浜のおっかさんのとこへは行ったかね」

「ええ。二三日うち暮だからお金をもって行かなければならないわ」

「君も大変だね。それに横浜と大船（大津監督の住居のあるところ）とは近いしね」

「近すぎていけないわ」

と、鼻の頭を一寸凍らせるようであった。

「来たよ」

列車がはいって来た。

「もとうか」

「いいわ」

三箇の紙包をかかえ、一番先頭の箱へ進んで行った。

「大晦日の晩には年こし酒をのもうね。愉しみにして行くよ」

「ええ。待ってます」

空いているところを見つけ、前の老婆に会釈して、そこへ荷物を置いたついでに窓ガラスをあけにかかるので、それにはおよばないと一木は頸をふった。そう、と君栄はかるくうなずき、中腰のままの姿勢で眼もとに艶をつけるのであった。

発車のベルがなった。

福泉へ電話をかけると、風邪をひいてしまって出られないから届けてくれと云う君栄の言葉であった。軽い失望を感じながら一木はその方角へ歩いて行った。電車通りからモダン床と云う看板をかけた小さな理髪店と箱根細工を並べる店の間をはいり、三尺横丁を少し行けば、箱のような平家の表に面した窓にはめられたガタガタの曇ガラス戸が一尺ばかりあいていて、そこでさっきから待っていたらしい君栄のとけるような顔が見えた。にっこりして近づく彼の、新しい安下駄を穿いた足許から、着古したトンビに黒いソフトと云

ういでたちをちらりと品定めして、

「ありがとう」

「さ」

と、気軽そうに云ってポケットから小さな紙袋を出して渡した。君栄はうけとるとその場で、金銀ふたいろの小さな扇子をひっぱりだし開いたりつぼめたりし始めるのであった。子供が玩具でも貰った時のようなあどけなさもすくえそうな手振だった。

「あの、あれは?」

一木は云いにくそうに呟いた。

「あ、うっかりしてたわ。そこから裏へ廻って頂戴」

媚びるような眼に押されて、彼は隣りの球突クラブの境になっている路次を曲った。

「ここはわたしの部屋です。上って下さい」

廊下の隅にはいびつになった安楽椅子が置いてあり、上りはなの敷居はところどころぼろぼろになって居り、正面の襖も満足に合わさっていなかった。六畳の畳もよごれてしめっぽく、そしてそんな居所とは不似合のような欅の塗簞笥が二棹並び、その上に博多人形、元禄人形、キューピーなどの飾られた大きなガラスの箱がのっていた。

彼はトンビのまま上った。

「ここへは何時から来たの」

「おといから」

東隣りに福泉の家があり、彼女の外に丸がかえの妓《こ》が二人、お酌一人と云う人数が新しく移されたのであった。

「しっけの多そうなとこだが、体にいいかね」

「仕方がないわ」

そんなうけ答えをしながら、君栄は何もない三尺の床の間に置かれた玉柿の大きな鏡台の前へ横っ尻に坐わり曳出しをあけた。鏡台の近くに、円い化粧ばけを三つ四つぶら下げるものが控えていた。一木はうしろへ突ったったなり、彼女の仕草を見ていた。鼻水を吸いこむ音がした。

「風邪は大したことはないの」

「ええ。今夜湿布して早寝をすればなおるわ」

曳出しから出た小箱の中には匂いのしそうな藍色のガマ口がはいっていた。それを手にとり、ふっふっと息をかけてから褐色の糸で（I）と浮ばせたところをさし
「イニシャル」

と、そっと云い、君栄はしなやかな頸すじをうしろへ向けた。

「ああ」

彼も彼女もイニシャルの意味は知っていながらその綴りの方はとんと不案内のような人

間だった。

「ありがとう」

一木は眉のつけ根を動かし軽く頭を下げた。あとの祟りも知らずそれを懐に入れるのであった。

白いネルの寝巻の上へ、青っぽい座敷着のお古をなおして黒しゅすのえりをつけた綿入半纏をかけた君栄も立ち上った。見れば瀬戸の火鉢には炭もなし、帰ろうと彼はソフトを手にした。のめりそうになっている廊下へ二人出た。

「じゃ失敬」

君栄のこけた面長の頰がゆるんだ。

「お正月ここへ遊びに来よう」

「いけません。この部屋にはいった男はあなたが始めてよ」

「だからさ」

「いけません」

笑うと別人のように華かになる女の顔をうつしながら一木は便所の向う側へ消えるのであった。

一木が二度目に君栄の居所を訪れたのは、翌年の春も四月になってからであった。

ピカピカとお重かけか何かみたいに光る着物や丸帯長襦袢をつけ、うしろに半びらきにした銀色の扇子をさした君栄と、元日の夜、一木は同じ鍋のものをつついたり唄歌を唄いあったりしてまるでままごとのような遊び方に時も身も世も忘れていたが、次第に酔いの深まるにつれ、相手の姿が遠のいて行くような勝手を覚えそれがもてず、姦通した女房にでも云うようないい気な悪たいなどつきはじめとうとう君栄を怒らせてしまって、四時間もいた座敷からガマ口の中味を大変軽くし、おみこしをあげる時は二人とも敵同志のような面相であった。その夜の詫も云うつもりで、三日にかけたが顔があわず、翌日から東京の空の下で暮すことになった一木は、一度手紙を書いてよこした。そして相変らず彼の収入相当の喫茶店や魔窟を往来し手軽なものでどうにかしのぎをつけながらも、身にしている品物が時たまうずくようであった。

「君栄さん居ますか」

酔いにまぎれて格子戸をあけた一木は大きな声を出した。前の障子があいていて、稲荷を祀った大きな箱の中に蠟燭の火がゆらめいて見えた。たたきになっている狭い土間の隅には手製の下駄箱が置かれ、入れものと相違した派手な下駄が行儀よく並んでいた。

「いつ、いらしったの」

壁紙のような模様の黄色っぽい袷に、伊達巻姿の君栄が左手の障子をあけた。

「やあ」

こをふいたような面長の顔を改めて見上げ嬉しそうにし
「今日、弟の手紙が来たもんでね。大した用じゃなかったんだが」

「そう。座布団をもって来て」

上りはなに敷かれたものの方へ寄って行こうとすると彼はよろけた。

「酔っているのね」

「うん。若梅へ行ってかけたら用事だと云うんで、つなぎに千丸をよんで待っていたんだ。ちっとも来なかったじゃないか」

「だって用事じゃ仕方がないわ。たった今帰って着物をぬいだばかりなの」

「水くれ」

しゃがんだまま君栄は、それをもってくるように云いつけた。

「随分待った」

「そうだな。行ったのは八時頃かな」

「そう。今十一時半よ」
九、十、十一と彼女は黒いものをはめている左手の指で数えた。
「三時間ね。千丸さんと面白かった」

「ううん。あいつしまい時分になってからいろいろ下らない事をしゃべっていたな。いつになくな」

受けとったコップの水をだらしなく一息にあおった。

「うめえ。もう一っぺえたのむ」

「お正月からずっと来なかったの」

「ああ」

と、呻くのと一緒に彼の腰が座布団をすべり出した。君栄は慌てて二の腕を摑んだ。

「うん、酔ってるよ」

とこわい顔つきをしながら体をおこした。

「三月帝国ホテルの演技所でおさらいがあったの。一木さんに切符を送ろうかと思ったの」

「俺あそんなもの貰やしなかったな。覚えはねえな」

「又六月にあるの。見に来てくれる？」

「どうだかな。先のこたあ請合えねえなあ」

「おっしゃったわね」

と、やさ睨みにしてから
「いつお帰りになるの」

「あしたかあさってだ。そうそう。君に土産ものの菓子をもって来たよ。弟のうちへ置いてある。あした届けよう」

「ありがとう」

「じゃ又あしたあおう。飛びこんで失敬したな」

「いいえ」

出来あいの安っぽい茶色の服の前を併せ、彼はよろよろと立ち上った。帽子を頭にのせた。

「大丈夫？」

「うん、大丈夫だ」

四月はじめのからりと晴れ上った陽ざしが、喫茶店の中を温室のようにしていた。一木は窓際の椅子に腰かけ、壁にはられてある俳優のサインや運動選手のよせ書きに目をはこんでいた。午少し過ぎの店内には、外に客とてなく、銀色の棒に布をはっただけの椅子がそこここにひやりとする光を散していた。

間もなく君栄が彼からの電話で姿を見せた。昨夜と同じ袷せに、くすんだおなんどいろの錦紗の羽織をひっかけ、顔は一寸たたいただけであった。さしむかいの椅子にかけると一木は一寸足許をなおしたようであった。

「お土産を鼠が喰べちゃったの」

「うん。どこかへしまって置けばよかったのにね」

「憎らしい鼠ね。わたし、これから豊奴さんのおっ母さんにあう用があるの。それから病院にいる清葉さんのお見舞に行くの」

「まあそう逃げをはらないでゆっくりし給え。何にするね」

「そうねえ」

招くと素足にチョコレート色のハイヒールを穿いた少女がだまって寄って来た。すらりとして居て洋服の似合う子は、くろずんだ大きな目が睡たげであった。

「蜜豆を頂戴」

と云って、君栄はうしろ向きになった少女のはりきった背筋を追いかけ、かすかに薄紅の口元をそよがせた。

「今でも活動へよく行くかね」

「この頃あんまり見ないわ。東京で何か面白いものみた」

「俺も見ないよ。活動にまでは手が廻らないんだな。喫茶店なんかをまごまごしているからね」

「大津の『娘さん』見た」

「あの人が始めて造ったトーキーだね。見ようと思っていたがつい見落してしまったね」

「去年のベスト・テンのうちにはいっているけど、わたしはあまり面白いとは思わなかったわ。トーキーは始めてなので、随分苦しんだようだけれど」

「大津さんのサイレント時代の小市民ものは蒲田の宝みたいなものだったがな。いろいろいい監督が出て来たんで、大津さんの仕事もこれから骨が折れそうだな」

「今度とろうとしているものは全然商売映画らしいの。だんだんただの監督になってしまうようだわ」

「うん。算盤ずくのところに居るんだから、そう何時までも自分の気に向いたものばかりこしらえていられなくなるだろうね」

「そうねえ」

芸術家を感じても色敵と云うこだわりをあまりもたない一木は、大津の事は君栄の口から出ても割合平気であった。

「大津さんが俺にあいたいと云ってるそうだな。ゆうべ千丸からきいたよ」

「ええ」

「大津さんは俺と一度あった事があるようだと云っているそうだが俺の記憶にはないな。二三度銀座で見たが、土木の現場監督みたいな恰好をしているところも面白いな」

「現場監督？　フ、フ」

「眼尻がいやみな位下っているところは気になるが。ハハ」

「まあ失礼な」

と、君栄はふくみ笑いをしながら相手を睨んだ。そしてひとつぶひとつぶ口に運んで行くような仕方で蜜豆を喰べ始めた。年に似ない女の眼尻の小皺など一木は見ていた。

「いい天気だな。お濠ばたへでも行かないか」

「ええ。丁度豊奴さんのお母さんが居るから。お濠の近くに」

一木が先きに立った。

「いくら」

ポケットから藍色のガマ口が出た。それに気がついた君栄はすきとおるような微笑を浮かせた。

ココア・ホールの角から曲った路について昔の外濠の名残という一間幅の溝川がよどみを見せ、両側には料理屋、洗濯屋、写真屋、印刷屋など雑然と並んでいた。長唄の三味線のして来る新築の二階家もあった。小さな寄席の前にトラックが一台停って居て、中には荷物や太鼓などと一緒にとしまこども五六人の女がおしろいやけした顔を揃えていた。傍をとおり過ぎて
「わたしもあんな旅から旅を歩く女芸人になりたいとあこがれたことがあったわ。十六七の時分」

「うん。そいつは君らしいな」

間もなく石を渡しただけの橋を渡った。ひっそりとした平家続きの屋敷街にはいって行った。低い檜垣に桃の花がささっていたりした。路の突き当りに小学校の乾いたような建

物が控えて居り、その前を右に折れると、濠端に並ぶ大きな桜の木が一目に手にとれた。雨の多い年だったので満開の色はいつもよりわるかった。

　濠端を西に進んで、桜のきれたところにかかっているセメントの落ちそうな橋へ一木は足を向けた。おやっと立ち止ったが、彼のふりかえった顔を見ると、君栄は笑ってついて行った。

　右手は古風な瓦屋根の女学校で、左手の濠をなおした水たまりでは貸ボートが四つ五つにごった水面を滑っていた。

「千丸が云って居たが、千丸はよく大津さんとあっているそうだね」

「なぜかこの頃は千丸さんをよんでいるの。わたしが行くと大抵千丸さんが居るわ」

「千丸をおぶってうちまで届けてやったそうだね。そんなことを俺にしゃべる女も女だが」

「あの晩、千丸さんが酔いつぶれちゃって。お半長右衛門だなんて云って。お半にしてはとしをとり過ぎているし、長右衛門にしては若過ぎたわ」

「俺はその話をきいた時君を気の毒に思ったんだ。まさか大津さん、千丸が吉住屋の女将になったと云うんで」

「千丸さんのうちへ俺が三日居れば千丸さんが惚れるなんて云うの。もともと女にもてるもてると云うのがあの人の口癖なんだけど」

「そりゃあ商売が派手商売だしね。それにしても」

「花柳界と腐れ縁になっているような人はどこかふやけているものね。一木さんは真面目でいいけれど」

「いや、俺は野暮なんだが」

隠している老実業家のことを大津が人の口からか或は彼女のふるまいからか嗅ぎ出してのつらあてにそれとなくするいやがらせなのではあるまいか、と一木はそんなことを云い出そうとしたがあやうくひっこめるのであった。

青いもののまざりはじめた枯芝の平なところへ出た。

「わたしはまだ惚れているけど、先はどうだかわからないわ」

「うん」

「それにわたしは、金がないからもう帰れと云われると帰って来てしまうような女でしょう。自分が出すなんて云わないで」

「うん」

熊笹の間の細路をくだり、震災の時崩れてそのままになっている石垣のわれ目をのぼるところへ来た。

「頑張れるかい」

「ええ」

白足袋の先を赤土でよごしながら上って行った。楽になると、まわりの石はすべてずり落ち、しんとうになっていた土だけが小山のようにのこっている天守閣のあとが見えた。太い黒松の並ぶ下を二人はゆっくりその方へ歩いて行った。

「パパは間違った時の要心に踊りを習えと云ったけど、わたしあの青地さん（土木技師の名）といけなくなってからこっち、浮ぶ瀬のない女になっちゃったような気がしてならないの。贅沢癖はつくし、気持はむらになるし」

うつむいて独りごとを云うようなもの云いであった。

「貰ってくれる人があったって、たすきがけでお台所をするような地道な役なんか迚もつとまりそうに思えなくなったわ」

「うん」

「どうせ長生しそうな体でないからいいようなものなんだけど」

「パパはよく来るかね」

「あんまり来ないわ」

さらさらと枝のすれあう音がして来た。

「上って見ようか」

「ええ」

崩れた石垣の間には路でない路がまがりくねっていた。二人は前後になってのぼって行った。のぼりつめると少し平になっていて、東屋風の休憩所が設けられてあった。弁当をひらいているものもあった。あたりにはサイダーの空罎などがころがっていた。丸太の脚をとおした腰掛けはほこりでざらざらしていた。

「おりましょう」

「これじゃかけられないね」

空に薄雲が出て、西の山々は遠くなるほどぼやけ、南の海は霞に消えていた。松と楠木にはさまれた海際の街もとろけたようであった。

反対側の石の間をおり平なところへ出た。傍の籔からちびた鶯の声がした。

「この間横浜のおっ母さんとここへわらびをとりに来たの」

「こんなところに生えているかね」

と、一木は芝生とはだか土とちゃんぽんになっているあたりを見た。

「ええ。沢山とれたわ。おっ母さんには珍しかったんでしょう。たいへん喜んでいたわ」

「そうだろうね」

と、向うから白線のはいった丸帽にマントの学生と、田舎娘らしい頭髪のゆいかたをした女がやって来るのであった。

女学校の裏へ出、又あぶなかしいセメントの橋を渡り、来た時とは反対に、水呑百姓の子から武士になった人をまつる神社の大きな鳥居の前を素通りし、公園まで歩いていって

入口にある茶屋に腰掛け、その帰りの路、鳥居の前を過ぎると

「ここの家に豊奴さんのおっ母さんが来ているの。本、きっと送って下さいね。さよなら」

そんな用事のあった事をうっかりしていた一木は、君栄の這入って行く土産ものを売る店の方へ向いた側の頬をほてらせながら暫《しばら》く棒立ちのていであった。気がついて歩き出すとうしろから

「一木さん」

と、君栄のいつにない呼び声であった。彼女は薄化粧の顔を桜色に染め、黒眼を輝かしながら追いかけて来るのであった。その様子がまぶしく彼は立ち止っても居られなかった。

「行っちまうわ」

次いで必死のような声であった。

三度目のセメント橋を渡り、古風な建物の前を通った。軒下にはところどころ晩咲をのこしている小さな桃の木が並んでいた。二階建の町営図書館の近くへ来ると

「俺はね、あんなところへ勤めながら小説の勉強をしたいんだよ。海岸町に住みたくなっているんだよ。君ひとつ就職運動をやってくれないかな。ハ、ハ、ハ」

「就職運動？」

「うん」

「東京なら何んだけど、海岸町じゃ」

「それもそうだな」

図書館のあるあたりは浜砂を敷いた遊園地になっていた。ブランコ、滑り台そんなものが散らばり、子供や老婆が遊んでいた。五六匹の猿の居る金網の周囲には、犬をつれた島田の女や、近在の百姓風など大勢たかっていた。水鳥の檻からケ、ケと啼く声がしていた。

「今日は長いことひっぱりまわして済まなかったね。おかげでいい花見が出来たよ」

「いいえ」

「これから病院へ見舞に行くの」

「もう行かないわ。疲れたからうちへ帰って寝るわ」

遊園地を出はずれると、濠を距てて一列に並ぶ桜が鮮かに眺められた。一時乗りものの禁止されている桜の下を、人がまばらに歩いていた。花見手拭の鉢巻や赤い顔もその中にまじっていた。

「ゆうべで腹下しをしてしまったから、今夜は会えないかも知れない」

遠いところから聞えて来るような声であった。

「そう」

間を置いて
「これからどこへ行くの」

「友達の所へ寄ってみようと思うんだ」

君栄は一寸眼を重くして前を向いた。

「じゃ、ここで失敬」

「さよなら」

広い路が一緒になる角で二人は別れた。歩き出すとどちらからともなく互いの顔をそっとのぞきあうようであった。

サーカスの楽隊がかすかに聞えた。三尺の床の間に贋らしい百穂の半切のかかっているがらんとした六畳で、一木はまがい紫檀のテーブルに片肱をつき、蕎麦色の盃をゆっくりあけていた。友達の家でのんでの帰り、ついふらりと上りこんでしまった若梅の二階であった。

襖があいて、銀杏返しに結った人のよさそうな丸顔の女中が這入って来た。

「君栄さん、すぐ来ます」

「おきがいいな」

てれかくしにそんなことを云って

「お松さん。一杯どうです」

「え、ありがとう」

あまりいける口でない相手は、水荒れのした手にちょうしを握った。

「いかが」

「ああ」

彼は盃を上げた。

「桜時と云うのに、ここのうちはひっそりしているね」

「何を云っても不景気なこの節だから」

震災前は栄えた若梅もその後はずっと下り坂で、家屋敷ぐるみ二番抵当にはいっているような現在だった。その家に十二年も勤めて、去年県から表彰されたと云う肩書つきの女はかれこれ三十をこえる年恰好だった。

「俺なんか年に三四度しか顔を見せないんだから賑やかしにもならないね」

「いいえ、どう致しまして。一木さん。ゆうべはわたしほっとしたわ」

と、胸のあたりを両手で押し上げるようにして
「千丸さんが、あんなに精出して弾いたり話をしたりしたから」

「そうだね。隣りの座敷へいるのはわかって居ながら来ないような時もあったからな」

一木はもうかたまってしまったような古傷にさわったような顔をしてみせた。

「ゆうべ程気楽に話せた事はなかったからね。千丸も大分人間が出来て来たようだね」

「そりゃあ一軒の女将にもなったんだし、前のような我儘は出来ません」

「そうだね」

「これからはよびよくなったでしょう」

「まあね。俺はあれから君栄のうちへ行ったんだよ」

だだっ児じみた一木の言葉に、お松は大袈裟な驚き方をした。

間もなく君栄が這入って来て、いきなり一木と差し向いの位置に坐った。「ごゆっくり」と云い、骨太そうなうしろ姿を見せてお松は出て行った。着物が薄卵色の地に若草の散るものになり、帯がピカピカする白っぽい丸帯にかわり、羽織をぬいで来ただけのような君栄であった。

「今時分よく居たね」

「ええ。だんだんお座敷が少くなって行くようだわ」

「そうかな」

「さっき腹下しをしちゃったからと云ってたのに」

「いや少し腹が出来たんでね。明日はおたちだし」

「そう」

「ま、のまないか」

「お酌するわ」

一木の手からちょうしをとった。ほした盃を一木は向うへ廻した。

「随分いい色をしてるじゃないの」

「友達のとこで御馳走になって来たんでね」

「わたしは出来るだけお酒は控えているの」

「うん」

「この着物どう」

「面白い柄じゃないか」

「小峯公園のようじゃない？」

と、云って彼女は自分でてれてみせた。

酒がまわるほど、彼は君栄とさし向いになっているのに気詰りを覚えて来るのであった。それは今夜の懐のさびしさ故とばかり云えないような気持だった。

「これからサーカスを見に行かないか」

「わたしこうしていたいわ」

「一生の思い出になるぞ」

「ええ、行くわ」

と、のり気になった。彼は反射的に

「何も与えないですまないな」

「いいえ。いろいろきかせるでしょう」

一木は二の矢がつげないようであった。

「一寸待って。わたしうちから羽織をもってこさせるから。これじゃ寒いわ」

「あ、そう」

そこのところだけが重そうな腕を楽々持ち上げ、彼女は風を切るような歩き方をして出て行った。入れかわりに女中のお松がはいって来た。

「おちょうし？」

「いや、お勘定だよ。夜桜見物に行くんでね」

「いいわね。お供をしたい」

「どうぞ」

軈《やが》て勘定書をもって来た。五六十銭はたきのこし
「今夜はこれだけで勘弁して下さい」

と、一木は銀貨を六つテーブルに並べた。二円何がし不足のようであった。

「ええ、この次御一緒に頼みます」

「済みません」

君栄は平気そうな顔をして見ていた。

間もなく届けられた黒紋付の羽織の、べにがらいろの裏地を鳴しながら、彼女は急な階段をおりて行った。二人は裏玄関を出た。

「海岸町でひっぱり出すのは一木さんだけよ」

「恩に着るよ」

宵のうち朧だった空は、すっかり晴れ上り、冴え冴えとした星が降るようであった。ひんやりしみとおる夜気に、袖口を胸もとで併せながら、すらりとした姿をいくらかうつむき加減に歩いて行く君栄は何かの絵から抜け出たようであった。

だだっぴろい電車通りを横切り、しゃれたガソリン供給所の前も過ぎ、古風な鐘楼の載っている石垣の下を通って程なく二人が昼間別れた濠端へ出た。潮のようにゆるゆる黒い人影が北に南に動いていた。酔った男のざれ唄なども遠く近く聞えて来た。桜並木はぼんぼりの光をうつして雪のようであった。

おでん燗酒、だんご、金魚、そんなものを並べる夜店の側を歩いて行くうち、とある店先から一木はうで玉子を二つ買いこみ、ポケットに入れた。桜と夜店のきれたところに小さなサーカスのテントばりがあった。行って見ると満員札止のビラが入口に吊り下っているのであった。

前にたかっている人ごみにまじりながら、二人は高いところにある煤けた絵看板や、つまらなそうな顔をして表を見下している子供や、檻の中の元気のないライオンに眼をくばった。頭から浴せられる楽隊の音は、悲鳴のようであった。地面に新聞紙を広げ、そこへ五六本十銭銀貨の柱をたてているニッカーの男も見えた。

「帰ろうか」

「ええ」

夜店のアセチリン・ガスの灯づたいに引き返えして行った。二人共知らない他国を歩いているような様子であった。小学校の横から溝川の通る静かなとおりへ出た。寄席の前には浪花節芝居ののぼりが立っていた。食堂の前にかかると
「すしでも喰べて行こうか」

「いいわ。ココア・ホールへ行きましょう」

電車通りへ出る角の喫茶店へ這入って行った。

去年までは頭から湯気を出す煉炭のストーヴがあったのに、と煙突をつけたハイカラな新しい品物を見ながら、一木は隅の方の堅い椅子に腰を下した。

五脚ばかりのテーブルに子供づれや、若い男女の客があった。どれも知らない顔ばかりなのに一木は安易な気持であった。

「ホット・ケーキにコーヒー」

と、君栄は髪をきれいにし、白い詰襟の三十前の主人に横柄なもの云いであった。

「お二人前ですか」

「ええ、そう」

ここへ来る度君栄はそれを一木にあてがいつけているのであった。鰤網の写真や、海岸町に居る時は乞食のような暮しをし、東京へ出て行って三四年すると文部大臣賞をとった男が借金のかたに置いて行った海の油絵など、一木は暁を吸いながら眺めていた。

君栄は福泉へ居所を知らせる為めの電話をいつも通りかけて来た。

「ここのストーヴは変っちゃったね」

「ええ。店の中もいくらかよくなったじゃないの」

「そうだね」

ホット・ケーキに一木の出したうで玉子まで喰べ終ると電話のベルがなった。主人が出た。他からの電話とわかると君栄はすぐ眼をもとへもどしたが、ベルで気がついたように、一木は気持を帰り仕度に向けたようであった。そして遠ざかって行く親しいものへ与えるような眼色になるのであった。君栄は肩をのり出し、調子づいて、踊りの稽古で一緒になる東京の芸者達と若手の歌舞伎俳優の楽屋を訪問した日のしかじかをしゃべり始めた。

「兄さん居ると番頭に云って、先きが居るともいないとも云わないうちに、すっと上って行ってしまうのね。その素早さと云ったら」

「ふん」

「勘弥は素顔もいいけど、声が悪いわ」

などと、その商売の女らしい話を拡げて行くのであった。ここはお座敷じゃない、と云うような顔つきをして一木が喰い止めようとしたら

「帰って寝るわ」

と、大きな声を出し、そこへ突っ立つのであった。彼が腰を上げるまで、君栄は店の中をふらふらしていた。

外へ出て

「何んだい。芸者と役者の色模様なんかカビの生えた話じゃないか」

「悪かったわね」

正月ぷりぷりしながらも彼女を送って行った一木は、又君栄にくっついて道幅の広くなったような夜更けの電車通りを向う側に横切って行った。

「羽織迚も似うよ。君もいつの間にかそんな年頃になっちゃったんだね」

「ちゃんとしたとこへ行く時には、こんな羽織がいるわ」

温泉場行の終電車を待つ人達が、小さな待合所にかたまっていた。バラック建の車庫の隣には、足をとられたぺちゃんこの電車が一台うずくまっていた。

「君に似て三味線が嫌いだと云う子はまだおひろめをしないの」

「今月から出ているわ」

店をしめた床屋の角から曲った。機嫌をとりとりして来るうちに、一木は身の背丈がいくらかのびたようであった。彼女の足運びも穏かになった。曇りガラスの障子に、鏡台の影が三つさしている前を通り、入口の格子のところで

「じゃ、又。風邪をひかないように」

「ええ」

半泣きのような声がした。

朝方あがったばかりの空が又午少し過ぎると怪しくなる六月すえの銀座通りであった。パナマやパラソルとすれ違いながら、通信社に顔を出した帰りの一木は宿なし犬のような落ちつかぬ顔をぶらぶら運んでいた。祖父ゆずりの手織の単衣に人絹の三尺をして、素足にすり減った駒下駄の、帽子もかぶっていないその恰好は場所がらだけに目立つようであった。

塩から鯵の干物などをならべる生臭い店の前で、その彼と青っぽい派手な縦縞のお召に、白いショールをかけた君栄と顔が合うと、女はひっつめ風の頭を下げすたすた行ってしまうのであった。解せない面持でうしろ姿を暫見送っていた一木は、いまいましそうな顔をし五六間尾張町の方へ歩いて来た所で又くるりと逆戻りした。舗路にそれらしい人影

はなかったが、うまくぶつかったら儲けものと彼は左手の店内を物色しながら歩いて行った。嘗て見せた事のない素気なさを君栄が示した理由として思い当る事もないではないのであった。この月始め、彼は知人と若梅へ行き、君栄が来て、その男にあるこだわりをもっていた彼は、君栄にひきずられている自分の鼻の下をつれに読まれまいとするつまらない見栄もあって、始めのうちは座敷が白らけ、酒のまわるにつれ一木はまっかになってわめき出し、手のつけられないような有様であった。友人はほうほうのていで帰って行き、さんざ毒気をふきかけられた君栄もしまいには腹をたて、待合を出てすしやに寄ろうとさそっても彼にいい返事をしないのであった。そうかと中っ腹の虫をおさえ、君栄と彼女の家の前で別れ、待合の船板塀の下まで来ると、彼はふと自分の吸っている空気の稀薄さにびっくりし、助けをこうように彼女の家へはいりこみ、上りはなに座りこんでしまうのであった。君栄はこれに「酔っぱらいのかいほうはお座敷でなければ出来ない」「帰って下さい」、そんなことを、彼女の部屋から云ってよこした。次第に酒がさめ、口もきけなくなり、腰さえ抜けてしまったような彼は、膝頭をかかえ襖によりかかっている女の瀬戸ものような顔をちょいちょい見返るばかりであった。そこへ十二時過ぎたこれからお座敷へ行くらしい、ぽっちゃりした二十四五歳の妓が出て来て、上りはなにかがみ穿くものをとろうとして、それに手が届かないのを見て、一木はとって揃えてやった。叮嚀なお辞儀した妓と一緒に行ってしまおうと云う気にもなれず、彼は石ころのようにうずくまりつづけるのであった。君栄は襖から布団を出して敷き始めた。敷き終ると、部屋の隅の方へよって、帯をときはじめるのであった。その音に、一木は上体をはすにのばした。長襦袢の鮮かな色も彼の眼の裏にまるでしみとおるようであった。白いネルの寝巻姿になった君栄は又「帰って下さい」の一点ばりであった。表の四畳半には、木綿布団の端から桃割れの小さな頭が見えた。彼は靴をぬいで上って行った。その前に立ち塞ろうとしたが、近づくと身をひらいて君栄は嚙むように一木の眼をすえた顔を瞶《みつ》めるのであった。白っぽい絹布の掛布団のふちを踏み、彼は廊下へ出て、便所へはいった。そしてゆっくりと手を洗い、出て来ると君栄は小さな声で「お父さん」と隣りの福泉の主人でも呼ぶらしいのであった。彼はふ、ふんと苦笑いし、箪笥の上の大きな人形箱を一瞥しながら、野山でも歩いているような足どりで部屋をぬけ、上りはなへき、靴をはいて出ようとすると、うしろからそっと君栄がついてくるのであった。「嫌われたな」と云う負け惜みに「こんな非常識なことをする人とは思わなかったわ」と斬り返えし、一木の体が格子の外へ出ると、君栄は急いで鍵をかけてしまった。いや、あの時は酔っていたはずみでどじを踏んだまでだ、とさり気ない顔をし、彼女の寄りそうな所を一軒一軒気をつけて行くうち、資生堂の手前の間口一間ばかりの細長い店で、四五人たかっている女の中に、十代の子が頭さす花かんざしをいじっている君栄を見つけ、その儘行き過ぎて資生堂の横手にまわり暫待つのであった。再び一木の顔にぶつかり、君栄はおやっと云う眼色をしたが、彼の傍をすり抜けて行ってしまうので、彼はひょうし抜けの形であった。そして彼女との距離が三間位になったところで、小走りに駈け出し、君栄に追いつき、女の袖をひいた。二針三針わきのしたあたりが破れた。

「人が見ているじゃないの」

と、小声でたしなめ君栄も心持ち顔を赤らめるのであった。彼は並んで歩き出した。君栄の足は早くなり、彼が何んと云っても頸をふるだけであった。新橋の橋にかかると、君栄は立ち止まり、彼に帰れと云うような目顔を向け、又さっさと歩るき出すのであった。そんなにされるほど、彼は彼女と離れがたくなるのであった。新橋を渡り、酒の家の前もすぎると、君栄は急に右手の裏通りに曲がった。それを追いかけ、追いついて歩いて行くと

「ひっこいわ」

と、彼女は眼に険をつけた。

「これからどこかへ行くのか」

「いいえ」

「海岸町へ帰るのだろう」

返事がなかった。

「この前、あんな事をしたからか」

「いいえ」

「本を見たからか」

君栄は一寸間を置き

「いいえ」

と嘯《うそぶ》くのであった。彼の二度目の小説集は十五日ばかり前に、彼女の手許へ届いているのであった。その中には君栄の出て来る短篇が三つはいって居り、そのうち二つは前に彼女は雑誌の時読んでいるのであった。新しく目にした「足」と云う題名の小説は、君栄が一木に暮の他愛もない贈答品の約束をもちかけるところから、二人で真夏の潮臭い海岸などを散歩し、その帰り彼が女の手をとるまでを経とし、君栄が大津にかくして始めての旦那をとったひけ目などから足許あぶなく自得の暗がりにおちるを緯としたような、活字になって見せつけられた当人としては目をおおいたい代ものであった。それを書く作者の調子も、女主人公を愛していながらどこかで足蹴りしているような、ふっきれない、当時一木が彼女に抱いていた気持そっくりであった。それはそれとして、その小説を彼女一人がよんでこいつと思っただけなら話はまだ穏便であった。同じ小説集は、知らぬが仏として書かれている大津の手にも店頭から渡っているのであった。彼女と大津の足掛け三年ごしになる仲は「足」によって大体後味の悪い大詰を見たようであった。たった二十枚足らずの短篇が、そんな役割までしてのけようとは夢にも知らないうっかり者は、とうとう新橋駅の裏口までついて行き、そこで離れる事もならず、入場券まで買ってホームに上って行った。彼女は休憩所へはいって行った。少し遅れて彼もそこへ行き、隅の方へ陣どるのであった。

大きな風呂敷に手を置いている商人風の男や、買いものの帰りらしい旅館の女将に身振り沢山な挨拶をして廻った君栄は、彼をそこへ置きざりに昇降口の方へ行きかけた。ややあって彼は重い腰を上げ休憩所を出ると、君栄は昇降口に現われた紺の背広の背にライカをぶら下げ、ノーシャッポの中年風に身をかがめてお辞儀をしてからその位置で立ち話を始めるので、一木の足は出たところへ釘づけにされた。見まいとしても見ずには居られない気軽そうな二人の話しぶりであった。汽車が来た。気がついたように君栄は一木の方を見返り、人情のある眼を向けてよこした。それも僅かの間で、汽車がとまると二人は前後して後尾に近い三等の箱に這入って行き、坐席がないので、向う側のつり革に手をのばし合うのであった。汽車が動き始めた。彼は君栄がこれまでみせた数々の場面など明滅させながら不動の姿勢で身を支え、汽車を見送るのであった。一木の立っている正面に来たとき、君栄はちらりと頸をひねった。

「飲まないか」

「飲みたくないわ」

そう云って君栄は、一木の手からちょうしをとった。

「一時間たてば帰るわ。お客さんだから」

と、語尾にひねった笑みをつけた。どうしようかと思案した揚句、意を決してやって来た若梅の二階の、昨年四度今年三度と通った座敷の勝手が、今夜は格別違うようで、ともすると顔を顰《しか》めてうつむきがちになる彼の様子には手負いものの哀れっぽさも汲みとれないではなかった。

「泳ぎに行った帰りだよ」

床の間に置いてある大きな麦藁帽を眼で指しながらつかぬ事を云い出したりした。

「お酌するわ」

テーブルの角を境に隣りあっている君栄にもだんだん彼の心持ちがさして行き水を含んだ海綿のようなものになるのであった。

「あの時は苦しかった」

と、一木は呻くように云った。

「なぜ、素直について行けなかったかと、あとでいろいろ考えたの」

と、君栄はしっとり調子をあわせた。

「矢張り本の事だったんだね」

「あんなことを書いたらさしさわりがありそうな位わからなかったのかしら」

「うん。出た雑誌もあまり人目につき易いものじゃなかったし、本だっていくらも刷りゃしないし、広告も何もしやしないだから。秘密出版みたいなものだったんでね」

「秘密出版？」

「好文堂で十冊ばかりもって来て置かないかと云ったけど、土地のものに読まれて若し君に迷惑がかかるといけないと思ってことわったんだ」

「海岸町にばかり出るものじゃないわ」

「ん――」

「時間がたってから書くなら別だけど、昨日の事を今日書くと云う風に」

「あれはね。去年の十一月時分書いたんだ。海岸町にずっと来なかった――」

と、一木は弱い目で君栄のしんとしたような顔を眺めるのであった。あの作品で、女主人公に手がまわった気持迄解って貰おうと云いたげであった。

「その時も千丸さんがいたの。わたし何んと云われても、そうじゃないと云えなかったの――」

と、大津に本を突きつけられた時の苦痛を思いかえしたように君栄の眼は重くなるのであった。

「わたしが甘かったのね」

一木はだまって聞いているばかりであった。

「でもよかったわ。二足の草鞋を穿いてあぶない橋を渡らなくてもよいことになったんだから」

と、云い云い、一木の顔をそれとなくねめつけるような白い眼を見せるのであった。

「すみません」

彼は、テーブルに片手をつき頭を下げた。

「あやまってもなおらないことがあるわ」

「――」

とりつくしまもなく、彼はうつむくのであった。彼の小説に書かれたが為めにとばっちりを蒙ったのは彼女ばかりではないのであった。身辺の事より書かない彼は、小説のため次第に世間を狭めて行くようでもあった。

「わたしあなたのモデルにされているのがいやなの」

暫した。

「この間あんな目にあいながら、又ここへ来るなんて、未練があるからららしいね」

と、一木は人ごとのようないい方をするのであった。

「え」と、口のうちで云い

「わたしも随分世馴れたつもりだけど、一木さんの云うことをきいていると……」

しくしく泣くのであった。

聽て二人うつむいた儘であった。

女中のお松が中の様子をうかがいながら這入って来た。一木がつぶれたような声を出し勘定を頼むと、君栄も気がついたように、体へ弾みをつけて立ち上り、階下の帳場に行き、今後一木の座敷へは出ないからとことわりを云った。

そのとしの大晦日、彼は頼まれもしない例のものを君栄のところへ置いて来た。

（「文学界」昭和十三年五月）

世話をしたいという青木の申し出を再三ことわってきた君栄も、とうとう承知するような破目になった。

丸ビルに事務所のある商事会社の専務で、月に五六回海岸町近くの温泉場へやってくる青木は、すでに六十がらみの、いつも綺麗にしている前の方をちょっと長目にした五分がり頭には霜が見えたが、老眼鏡をかけなくても新聞は読め、中肉中背、てかてか光っている円顔が並ならぬ精力を思わせるような男であった。この青木とさしで向い合うことがたび重なっても、君栄は別段何んとも感が起らず、いいとしをした助平爺くらいにしか思わなかったし、猪頸《いくび》から後頭部にかけての皮膚のたるみなど気になるほどいやであった。始めのうちは一時間たつとさっさと席をたってしまったし、少々酒のまわっている時はかさにかかって老実業家の面皮をはぐようなことも言ってのけたりしたが、相手はすわりのいいあぐらを崩さず、何んと言っても平気そうに、にやにやしているだけであった。この爺、わたしを子供扱いにしてるなと思ってはげしい鉄砲を見舞い、やはり軽くいなされてしまって、二度と口にのぼせないように、手ひどく痛めつけたつもりの意思表示を繰りかえすには、君栄も太刀打なりがたい思いにいらいらした。よく見ると、こわいような光をいつもたたえている両眼が、笑う時は手の裏をかえしたように細くなり、たまらない好老爺の相を呈する。遊び馴れた人間らしく、女中に対する物腰など洗練されたもので、けっしてそり身になるようなことはせず、ちびりちびりとやる酒の飲みっぷりもごく静かで、一晩じゅうのんでも杯を口へもって行く速度は変るまいと思われるようであった。ほかの妓が来合わせる時でも自分一人の時でも、格別体の動かし方を違えるという風でもなく、口数の多くない男の声は、低く錆びて長い人の世を生き抜いてきた者の響をつけていた。天邪鬼《あまのじゃく》に上手から物を言うような君栄の様子はしだいに改まって行く、あのことさえ言いださなければと思うところへ来た。世話をしよう、妾にというようなことを君栄の耳に入れた男は、これまで十指にあまるほどで、その都度突っぱねてきた彼女は、十六の時から二十三の今日まで、ずっと不見転《みずてん》を通してきた。わけになった二十を過ぎてからは以前ほどの売れ方はしなくなったとはいえ、土地で上の部の成績を持ち続けているのであった。人の妾として、芸者家の女将になったり、または一軒家を持たされて囲われたのでは、この世に生れたかいがないと思っている肌合の女には、旦那をとって月々の仕送りを貰うより、不見転でいた方が潔よいと感じられた。そういう稼業にある女の多くが望むように、彼女も好きな男といっしょになってする堅気の世帯が念願だったし、それがつい手の届きそうなところへ見えたのが、青年土木技師との恋愛だった。双方の打ちこみ方は、なかなか尋常いちようのものではなかったものの、男の親どもの反対で途中から立ち腐されとなり、その痛手に生娘のような荒れ方をしている矢先に現われたのが、映画監督の大野であった。大野の名は彼を見ない前から知っていた。大の映画好きで、キネマ旬報から、都新聞の映画欄まで目を通す君栄はそのころの大野がその道の第一人者であることをよく知っていた。彼の製作にかかる文芸映画が第一週に封切されたためしがなく、続映になったこともないくらい前受けがしない代りに、インテリ層の支持があり、年に多くて二本よりでない作品が、出ればかならず月旦の筆に華々しくのぼるのを承知していたし通俗映画を芸術映画の域にまで高めようとし、その先頭をきる監督の名声は、檜舞台で正面を切る歌舞伎俳優のそれよりましてまばゆく光るのであった。またその作品が、金持というものの全然登場しない、大都会の路次裏の出来事であり、しがない旅役者の物語であり、あぶれた大学卒業生の恋愛であって、日陰に醸される細かい人情のしかじかが侘しい後味をいつものこして、故郷を知らぬ女に限りない親しみを与えた。言ってみれば見ない前から大野監督にファンらしい憧れを寄せていた君栄であり、その上場合も場合であるところから、前後の見さかいもなく、監督に飛びついて行ったのである。当の大野は三十をなかば過ぎた独身者で、これまで派手商売の稼業柄多くの女と経験を持ち、撮影所では女優群から先生先生と呼ばれて、さらさら女日照はないはずの、それが一目見た君栄に特別な関心を抱いて、二人ができ合ってしまうにたいした手間ひまはかからなかった。男が二百円からする鬘《かつら》を買ってきたり、君栄もよく東京へ出向いて逢瀬を造った。それがたび重なるにつれて喰い違いができるというのは、こちらがいくら足を運んでも、先はいい加減な遊びごととしか取り上げないような仕打の百万遍で、先生先生とそう言いながらも、ただの地道な情人を註文せずにはいられないところへ来た気持には何かとしっくりしない点があり、大野さんは天下に名のある人、自分はたかがはしたない不見転ではないか逢ってもらえるだけでありがたがるべきではないか、とすかしさとそうにも、満されないおりのようなものが残るのをどうすることもできなかった。第一東京でも海岸町へ来る時も大野は一人ということはなかった。友だちか助監督をかならず二人三人ひっぱってきて、夜通しウィスキーをなめたりなにかして雑談に耽けるのが好きなようであった。それが人前ではもちろんさしになっても同じところに立っている人間の素ぶりを見せない。とはいえ眼尻のひどく下っている面相にたがわず、長くなってからの愛撫はなかなか細やかなものがあり、予備砲兵伍長五尺四寸という大丈夫の肉体は十二分の手応えもないではなかった。君栄は寝てはしがみつき、覚めては溜息が出た。「先生」に惚れた身の切なさに甘えて泣いてみたいような気持だった。大スターの名を女中か何かのように呼び捨てにし、大山撮影所に一人だって満足な女優はいやしない、あんな奴らが俳優でございなんて大きな顔をして通れるなんかまさに末世だなどと嘯き、綺麗どころの若い女を主演させて売りたがる大山映画の中にあり、あべこべに名のパッとしない男優を正面に出し、女優を使うにしてもあまり白くは塗らせないといった風の、いくひねりもひねった風格ある映画の作者だけ、女にかけても尋常でなかった。また二十代から多くの女優をみてきながら結局こり性の彼に満足を与えるほどの演技を示した女優を知らない大野は、女の値打ちというものを高く買えないように習慣づけられてもいた。女を遊び相手として認めてもなかなか話し相手として扱う男ではないようで、よく出向くバーあたりで自分の名声に媚びる連中に対してはゆきずりな仕打を繰り返えし、見た目に賑かだけの女出入に、いつしか独身のままで彼は年をへてしまった。そんな大野が、できてから半年もたたないのに、女の気としては君栄一人きりの座敷に不足のような顔を始めるのも当然だった。君栄にしても先がそう出るなら私もと、居直りやすい類の女で、男にひき廻されて女らしい成仏をするには、長年の稼業の水が身にしみているようでもあった。陰では泣けても、男の前で涙を手ばなしにできない、こちりとしたしんのようなものが性根にかたまりつつある年増芸者であった。金がないから帰れと言われれば、歯をくいしばっても綺麗に座敷を立ってみせた。靴の上からかゆいところをかくみたいな大野との色模様の行く末をこのごろはちゃんと読んでおくといった風な心構にもなっていた。とはいえ、青木からの申しこみを、真顔になって考えてみたとき、まず来たのはやはり大野への気がねであった。旦那をとるということは言わば妾になるも同然の、それでなくてさえ人前嫌わず自分をあごで動かしたがる男が、そうなった身をどのような意味でも相手にしてくれようとは思いがけなかった。二百円多くて三百円どまりの収入でありながら、大束な遊び方が好きで待合の借金というものは一銭もしたがらない、おいそれと世間的な上下のぬげそうにない持前の大野が、途中から老人の持ちものに早変りした女に意地でも振り向く気遣いはなかった。また世話になるといっても平場も併せて二百円近くは欠かさず稼げる彼女ゆえ、着物や何かにそんなに不自由はしていなかったし、月々纏った金の出どころとしては横浜の義母にしている五十円だけであった。ひとときの浮気沙汰とそうとればけっこう割に合うような大野とのなり行きをまだ大事にしていたいばかりに、青木の前で頸を横に振り続けてきたところへ、あることから彼女の籍を置く芸者家福住が営業停止の罰を喰い、君栄が一枚看板のような家は、ほかに丸抱えが二人きりで、その月からもやりくりに困ることになった。

外は雪であった。

海岸町の料亭清風の一間で、青木はいかの塩辛を肴に盃をほしていた。かすかな波の音がしんとしたおもてから聞えていた。

黒っぽい背広に、手織のネクタイをして、すわりのいいあぐらをかく青木は実際のとしより十は若く見える。手足のつまったふんどうのような恰好が、青磁の瓶にさされた梅の枝を背負うようにしていた。

「これでわしも一人の娘をもったというわけだね」

と、彼は例の糸目をしてみせて、さし向いのところに控えている君栄の細面を撫でるようにした。きれ長のぱっちりした眼が即座に険しく光った。

「いい気なものね」

とやり返した。承諾のことを言ったか言わないうちもうそれだと、君栄は侮辱されたような面持だった。

「いや、わしは子供を二人もっているが、どちらも男でね、長年娘がほしいほしいと思っていた。この気持は亡くなった家内も同じだった。家内がいたら、君を見せにうちへ連れて行くね。こんなに大きな娘ができた。お前もせいぜい可愛がってやれとか言って——」

半分の本当さで、青木は述懐するような調子である。三十年来の待合行に、彼もこれまで三四人の新橋芸者の世話をしてきた。落籍《ひか》させてこれを囲ったこともあった。いずれも色気八分でしたことに相違なかったが、君栄に対する勝手は初めから今までの行き方と異にした点があった。俺もとしをとったかなと、ふとてれたいような心づもりのものであった。専務といっても名ばかりで、会社になくてならない人物というところからその椅子を与えられているだけの話で当の青木としてもすでに金儲け一色の世界から足を洗いたいのであった。二人の子供も家庭をもち、新聞記者をしている長男の方には孫ができ、成功した中ブルジョアとしてもはや思いのこすことはほとんどないような身上であった。石の門のある目黒の屋敷は、女中三人書生一人に主人側としては青木一人がいるだけのひっそりしたものであった。けれども世間の楽隠居のように、経文をうつしたり、草花をいじったり、あるいは俳句をひねったりして物欲の衰えた老後の空虚をごまかすというような行き方には縁が薄く、いまだに築地へんの馴染の待合へ時々出かけて行くのであった。妻を失って五年、このごろでは独り寝の床の涼しさも捨てがたいものと知りながら、ついしみこんだ茶屋酒の味が忘れかねるのであった。

「ホホ、わたしが娘さんになれるかしら。そんな思わせぶりはよしてちょうだい」

と、むきに突きかかってくる君栄に、青木は人のよさそうな笑顔を向けた。うっかりこちらから応酬するような口のきき方をすれば、さっそく前言取消しと出てこないものでもないような女の気性が彼には罪のないものと眺められた。

「さっきも言ったでしょう。わたしあーさんを好きでもなんでもないの。だからただわたしに利用されるつもりでいてください」

きりっとした持前の、ともすれば切り口上になりやすい君栄の物言いであった。

「それはよく解っています。せいぜい利用してください」

しまりのいい大きな口元をほぐして、青木はだだっ子をあやすような応答であった。

「わたし、福住があんな目にならなきゃあ、あなたの世話になる気づかいなんかこれっぱかりもなかったんだわ。わたしは平気でみていられなかったんですもの」

「そんなに困っているのかね」

「そんなにというほどでもないけれど、商売ができなくなったからだめなの。なんといってもわたし、あすこで大きくなったんですから」

君栄は崩れるように声を落した。

「ふん。いくつの時からいるの」

「九の春からずっと――」

それではその芸者家に里心を寄せるのもむりはないと読んで、青木は目先を重くした。君栄の身柄は、花本という芸者家から看板借として出ることできまりがついたが、看板料の月々五十円が新たに入用であった。またそのくらいの金は営業停止中福住へも毎月欠かさず廻したかった。そんなこんなで金気の乏しい大野より渡りに船の青木へと腹を定めた。このことは伏せ通すつもりでいる大野に、万一ほかから洩れてどんな騒ぎが起ろうと、君栄はその時はと観念した。その観念をこしらえ上げるにたいした手数はかからなかった。自分ながら不思議なくらいだった。

「君は分けだそうだがどのくらいの借金があるのかね」

「まだ、千円ちょっとありますわ」

「で、君が毎月いれるだけのものは、差しひき勘定になるわけだね」

「ええ。それはそうなの。それがわたしはいやなの」

と、君栄はがくりうつむいてしまった。見せかけとは受けとれない、無垢とも何んとも言いようもないものをまのあたりにして、色を表に出さない青木も小さなうなり声を発した。

「ま、――」

と、青木は蕎麦色のちょうしを君栄に向けた。眼頭で会釈《えしゃく》して、君栄は静脈のすけて見える手を出した。青木からちょうしを受けとり、相手へ盃へ懇《ねんごろ》なしゃくをした。

「何かおいしいものでもそう言おうか」

「いいえわたしほしくありません」

と、君栄はしおしおそう言うのであった。かつてどの妓の場合でも見たこともない彼女のおぼこさをのぞいて、青木は心深く微笑むようであった。この子のためなら、どこまでも言いなりしだいになってやりたいと、のりだすようであった。

「ね、遠慮なく言ってごらん、さっきからきいていたほかに金の出道があるのじゃないの。遠慮などされると、わしは水臭いと恨みに思うね」

「横浜のおっ母さんのこと言ったでしょう。もうほかにはこれといってありません」

「その横浜のおっ母さんというのは君の本当のお母さんなのかね」

「いいえ」

と、言いづらそうにし、顔をひきしめてから、思いなおしたように頸をのばし、

「わたし横浜のおっ母さんのとこで四つの時から福住へ来るまで育てられたんです」

「ふん。するとそこの養女ということになっているんだね」

「そうなの」

「君のことだとすると、これまでずいぶん横浜へみついでいるわけだね」

「ええ。帳面の上だけでも三千円から行っています。おっ母さんはおねだりを言うだけですけどしかたありませんわ」

「そのお母さんはどうしているのかね」

「一昨年お父さんが亡くなった時からずっと遊んでいるんです。今年から学校へ行く弟が一人あるきりなんです。近いうち海岸町へ越してくると言っていますが、わたしよりほかにみてやる人はありません」

「ふん。君もいろいろと大変だね」と、いたわる口の下から、ふと溜息のようなものが洩れた。そうした稼業の女によくある例とはいいながら、ここに新たにまみえるみなしごの因果図絵である。青木はまた一歩のりださずにはいられないような姿勢だった。

「君はどこで生れたの」

「岐阜の田舎なの。百姓屋のような大きなうちがあって、そのうらの小さなうちにわたし

はおじいさんと二人でいたんです。小さな家でしたけど箪笥もお台所のものもみんなありました。汽車へ長い間のっていた記憶もありますわ。それは今になってみると、岐阜から横浜へつれてこられた時のことでしたのね」

「なるほどね。すると──」

と、言いかけ、慌てて青木は口をつぐんだ。知らないのはわかりきっていそうな生みの親のことを言いだして、君栄の気持をかき乱したくなかった。そしてそっと眺めやる君栄の、酔っている時も清水をたたえたように匂う両の眼がひときわ澄み返えると感じられるのであった。青木は慌て気味にまばたきした。娘ができたと言ったらすぐしっぺがえしに言い返した言葉が新たに耳に来るようでもあった。

「わたしあんまり甘えてお喋りしすぎたかしら」

「いや」

と、苦っぽく笑って、盃をとった。初恋という役どころじゃあるまいし、たって綺麗がるにも及ぶまいと、目に見えないものをはらいのけるように、熱いのを口へ持って行った。老いてとみに娑婆っ気の薄くなった青木は、落ちぎわの太陽が一時ぱっと明るくなるように、何かにつけ感じやすい人間に変りつつあるらしかった。

言葉が途絶えた。ふたりはしんとした顔を見合せた。遠い波の音が聞えてきた。

「まだ降っているかな」

独りごとのようにそう言って、青木は所在なさそうに立ちかけ、膝頭のゆるんだような足どりで窓ぎわへ行って障子をあけた。

船板塀に囲まれた二坪ばかりの庭に白いものがしんしんと降っていた。

「ほう、だいぶ積ったな」

青木の声で我にかえったように、君栄はすっと立ち上った。青い地に肉色のまじった縦縞の座敷着は、やせがたのすらりとした立ち姿をよけいすっきりしたものに見せた。彼女は静に青木のところへ寄って行った。と向う向きになっている青木の後頭部に贅肉の皺を見つけ、痛い顔をしすぐ目をそむけて、窓ぎわの松の枝を見た。枝ぶりなりに雪が積っていた。

「三寸はあるかな」

「そうねえ」

「ここがこのくらいだと、東京は五六寸というところかな」

「今年になって二度目ね」

青木は腕時計を一瞥し、

「これからひとつ、山本へでも出かけてお湯にあたたまるかな」

何気なさそうに繰りだす誘いであった。山本ときいて君栄はぎくりとし、突き落されるような気持だった。それは箱根湯本の一流湯亭の名で、彼女が大野とできたての時分二三度行ったことがある思い出の家であった。

「どうしたね」

口とは反対にひやりとするような青木の横目づかいであった。ここで騒ぎだてしてもすでに後の祭である。彼女は目をつぶってどこへでもついて行こうと気をとりなおし、

「山本いいわね。お供しますわ」

と、こともなげに言い、ちょうど自分と同じくらいな青木の肩口へすり寄った。借りたものはさっさと返してしまいたいと言うようにもとれるその出足であった。

茶っぽい合着に、ラクダのセーターをチョッキ代りにして、ニッカーにキッドの短靴といういでたちの大野は、千両という姐さん芸者を背負って、待合時本の裏玄関を出た。ついで君栄、シナリオや雑誌のはいっている折鞄を下げた背広姿の助監督のT。大男の背中にしがみつくようにしている千両はウィスキーに足をとられへたばっているのであった。その彼女をこれから、彼女が女将ということになっている芸者家まで届けようというのである。

「ハハハとんだお半長右衛門だな」

と、大野はちょっぴり口髭の生えている日やけした顔をひねって、うしろの君栄に言いかけた。笑うとよけい下る眼尻が嫌味であった。

「お半にしてはとしをとりすぎているし、長右衛門にしては若すぎるわ」

君栄もほんのりきている細面をしゃくり上げて負けない気持だった。

「フ、フ。図星だよ」

大野は屈託なげに大きな口をあいた。そしてすたすたとニッカーの足をのばして行った。昔の外濠の名残というどぶ川に沿って、しもたや、米屋、洗濯やなどがでこぼこな屋並をつなぎ合わせ、ちゃちな街灯が路の片側に並んでいた。夜も十一時過ぎて、めっきり人通りがなく、とろりとした生暖い海風が濡髪のように流れてきたりした。

君栄は物を言わず、気取った裾捌きで大野のうしろについて行った。青木とそうなってから大野に会うのはこれで六度目である。すねに傷もつ身の、さすがに最初は大野の顔をまともに見られないような思いだったが、嘘を武器としてるような稼業柄それをおしろいの下に隠す術もちゃんと心得ていた。当の大野また知らぬが仏のようであった。彼女は新しく手にした小粒ながら一粒ダイヤの指輪は大野の前では外すようにしていたし、東京での媾曳《あいびき》の時など、去年と同じ着物で出かけて行くのであった。青木の来るのはそこに定った清風の女中にも堅い猿轡がはめられてあり、自分の口さえふいていればなかなか秘密の洩れる心配のないその社会の掟であった。しかし大野の座敷だと解ると、ふだんはほったらかしてある彼から贈られた鬘に急いで手を入れ、それをかぶって繰りだすのであった。それは変らない彼女の心のあかしのようであり、変ってしまった女の申訳のしるしのようでもあった。ところがこの三四度というものは、彼女が行くときまって千両が大野のわきに変な顔をして控えているのであった。千両は彼女より三つ年上の、君栄が金箔つきの不見転芸者として都々逸ひとつ満足にひけないのと違い、長唄の名とりであり、踊にかけても百人からいる町の芸者中並ぶものがないと言われるほどのもので、小柄なすんなりした腰部など格別色っぽく、すっと鼻筋の通った中高の顔は、眼尻の小皺がかくせない君栄のそれより若々しく見えるくらいで、去年女将が死に、そのあと養女の千両が吉住の名跡を嗣いで、目下その婿を探し中と言われているが、温泉宿の主人の世話をうけている身上でもあった。その千両に大野は君栄の前でも、目にあまるような振舞をしてみせる。映画ファンで彼を「先生」と呼ぶ千両も、そうされてやはり悪くないように蓮っ葉な色身をする。ふやけたそんな酒間のざれごとは、君栄をたきつける役をするのと反対に彼女の情熱を熄らせ、凍らせるばかりであった。ある時は座に耐えられず、大野の嘲笑を背中にうけながらさっさと帰ってしまったこともあった。道楽者と踏めるようになっている今日でも相手が大野なら、目の前で千両を新色らしく仕立てようとするふざけた手口は見ていられなかった。こんな男なら、よしんば青木を五人もったとて臆するところあるべきでないと心から腹がたったし、そんな地金の人間とも知らず、その名声の華かさにたぶらかされて「先生」と畏敬し、一議におよばずたすき掛けになってしまった自分の浅はかさ加減も口惜しい限りであった。その身に芸が何一つないように、その心も玄人になりきれない君栄は、その夜一晩じゅう芸者稼業のわずらわしさにくさくさしてまんじりともしないようであった。

はねた寄席の前では、色の褪めた幟旗がゆらめいていた。溝川に沿う道が電車通りへでた。背中の千両は、しどけなく裾を乱したまま、骨を抜いてしまったようになっている。電車通りを横切り、神社の玉垣の前も過ぎると、左手のちょっとひっこんだところに、君栄の一時身を寄せる花本の素人家然とした二階家だった。下駄屋の角から曲った通りには、しゃれた街灯が三つ四つ明るみ、その中にカフェのネオンが華手な色どりを添えていた。大きなばちを表看板にした三味線屋の隣りには、見番のかさばった建物が並んでいた。表に明りのさしているのは、おでんや、すしや、そばやなどで人と摺れ違うこともなく珍妙な一行は、板塀をたて廻す待合について細い通りへ折れた。ここもひっそりしたもので、とりどりの形をした電気入りの看板が、うるんだような光を両側に並べていた。道へ枝を出した桜から白いものがこぼれていた。

松菱の中に「ときわ」と書いた看板のところで、鉤の手になる通りの、ちょっと手前が吉住である。明るいガラス障子に五つばかりの鏡台が行儀よく墨色の影を見せているところへ立ち止り「ここよ」と君栄は言った。背広の小柄な助監督が先へ廻ってその格子をあけた。君栄は立ち止った位置に佇んだなりであった。半分眼の覚めたらしい千両の声や、歯の浮くようにはしゃいだ二三の妓の声、それらを抑えるような大野の細くて軽い声がひとしきりして、三分もたたないうちに、大野をまん中にした三人はもと来た通りをひき返した。

「ハハハ。今度来た時にゃ、ひとつ吉住へ泊りこむことにするもよきだな」

「あすこのうち、そんなに気にいったんですか」

「いや、うちじゃない。俺が吉住へ三日も泊っておりゃ、千両君きっと俺にまいってしまう。いやになるほど女に惚れられる俺のことだからな」

と、大野は冗談とも本気ともつかない調子で、やに下ったことを言いだした。また十八番が始まったと、ちょっと舌打ちしたい気持を嚙み殺し、君栄は背のびするような恰好で、

「千両姐さん、しかるべき旦那さまを物色中よ、候補になってあげたらいかが?」

「活動屋をさらりと止めて、芸者屋の旦つくに収まるか。また興なきにあらずというところかな。カッカッカ」

見番のある通りへ出て、今度は反対側の写真屋と待合の間の三尺路次にはいって行った。路次の中央をセメントで固めたどぶ板が一本うねりながら通っていた。待合の裏は、トタン屋根に粗末な平家造りの芸者家だった。入口はガラス入れの格子戸で、安物の下駄箱や稲荷を祀る棚など眺められた。ここは花本から出るようになっても、君栄が日に一度はかならず顔を見せることにしている福住であった。主人の胃病は商売が停止されてから

よけい進んだようだったし、五十にまだ手の届いていない日ごろは陽気だった女将も、その後はめっきり顔色が悪くなり、口数も減って「この子は、この子は」とそう言いながら君栄の機嫌をとったり、すかしたりした口が、近ごろではだんだん改まり丁寧なもの言いに変って君栄を面喰わせるようにもなっているのであった。育ての家と思って、毎日見舞う福住で、いやに他人行儀な扱い方をされるのは、君栄にはやりきれなかった。その点からも、彼女には営業停止の期間のきれるのが待ち遠しいとされた。ふたたび帰ってくれば、立ちどころにおっ母さんのよそ行口のきき方などなくなってしまうに違いないと思われるのであった。

丸い軒灯に書かれた字を読んで、

「ここだったのか」

と、大野は呟くように言った。

「ええ」

かつて一度も福住に現われたこともなく、電話さえ直接かけてよこしたためしのない大野であった。

福住の隣りは人のけはいのする玉突屋でまた電車通りに出た。二本の線路がまっすぐ北へ走り、高い街灯がぼうっと光りながら一列に並んで、低く垂れた雲のゆるみが夜空を軟かくぼかしていた。

「もう帰ってくれ」

大野の無感覚な声であった。

「ええ」

君栄はそう言いながらも、ついて行った。

「当分来ないよ」

と、また大野の言葉であった。彼はトーキーとして作った二つの写真の不評にすっかり自分の才能の行き詰りを感じている最中だった。サイレント時代に輝いた彼の名は、映画がトーキーに移ることによって言わば一時代前のものとなりつつあった。これは長年の好評に気負い馴れた彼には、もともと常ない水商売といいながら耐えがたいところで、第三作は手に入った小市民のしめっぽい人情を捨て、金持ちのナンセンスな雰囲気をとり上げて、新味を出そうと構えているのであるが、この飛躍の土台になる脚本がなかなか纏らないのである。そんな次第で、女の顔などどんな顔でもゆっくり眺めてはいられないような昨今なのであった。けれどもそういう芸術家らしい胸のうちは、始めから女などに通すという人柄でなかったし、できてすでに一年以上になり、ぼうふらがわいてしまったと思っている君栄にはそんな顔色さえのぞかせるどころではなかった。

「そう」

と、君栄もあっさりしたひとことであった。弱味というものは金輪際見せたことのない男には、自分の方でもカラをつけるという癖がついていた。

停車場へ来た。上りの最終列車に十分近く間があった。君栄は品川までの青い切符を買ってきて、何気なさそうに大野の大きな手に渡した。

「ほう、景気がいいんだな」

と、口髭を歪めて、大野はにやりとした。その笑い方で彼女は景気のよいいわれを嗅ぎつけてない相手をあらためて見つけたようでもあり、またその反対のようでもあった。いや、どうせどっちだって同じではないかという気持もひりひりしてきた。

「失敬」

君栄が何か言う間もなく大野はすたすたと改札口の方へ行った。ニッカーの足許がいくらかがに股で、歩くたびに広い肩口が左の方へ揺れる大野のうしろ姿を、嚙むような目で君栄はじっと見送っていた。「御機嫌よう」という心の底からこみ上げてくる言葉も幾度か彼女の口を衝くようであった。大野は例によって一度も振り返らなかった。

「何をぼんやりしているんだい」

と、うしろから酒臭い胴間声である。見ると時々座敷で顔を合わせる近在の山羊鬚を生やした村長のえびす顔であった。

湯坂山から上へのびて双子山になるうねりが薄い月光にすかされた。こんもりした山の麓には灯が木の間がくれに散って見える。湯亭山本の二階では、湯あがりのゆかたがけで、青木と君栄が静かに盃のやりとりをしていた。明け離たれた窓からは、初夏の山風にむせぶような若葉の匂いがした。絶え間なく聞える渓川の音に二人の声は高くなるのであった。そこだけが重そうな腰の上へ紅がら色の伊達巻《だてまき》して、おしろいけのない君栄の顔は、青みを帯びた陶器のようにせいせいとすき通って見えた。

「これはと思う人、ほんとにないわ。自分より三つか四つ年上の人なんかまじめに話してみる気も起らないし、芸者をしていてこんなことを言うのはおかしいんですけど、花柳界に出はいりしている人間があまり好きでないの。色も恋もいい加減な遊び半分でしょう。まじめに好いたり好かれたりしていっしょになる人もたまにあるけど、それもごくたまで、騒いだり、ふざけたり、べたべたしたり、わたしどうしてもお座敷の空気になずめないの。若ければ若いで頭髪を女みたいにぴかぴかさせてくるし、年輩の人だと、旦那ぶってわたしに金づらをはりたがるでしょう。どこに人間らしい関係があるのかと考えてはいらいらするわ。おおげさに言えば、一日だってじっとしてはいられない気持よ。それもわたしにこの人と思う人がないからでしょうね。わたしだってこれまでけっこう浮気もしたり、出来心でお客さんとつまらないふざけ方をしたこともあるわ。虚栄心も弱い方じゃないしそのため損なくじもひいているわ。でもやはり女ね。末しじゅういっしょに行ける人をほしがらずにはいられないの。パパ、S・Tさんという小説家知っている、知らないのね。パパなんかが知っているほど有名でもなんでもない人なんですけど、この人とわたし四年ごしのお友だちなの。始めあの千両姐さんに、S・Tさん惚れたの。千両さんが来ない時わたしつなぎによくよばれたんですけど、いっしょに散歩などしていると、だしぬけに『君、千両に化けろ』なんて言いだすの。そんな歯に衣をきせないような人柄にだんだんわたし惹き寄せられたのね。千両さんとは行き違いにS・Tさんはなってしもうたし、わたしもいつか話したでしょう、技師のOさんとの具合が悪くなっちゃって、言わば同病相憐むといったような妙な調子で仲よくなっちゃったのね。するうちS・Tさんは東京へ行ってしまって、その後は年に三四度くらいしか遇わなくなったけど、去年の暮には松の内帯へさす扇子を一本買ってきてくれたりしたわ。つい最近、桜が散ってから逢ったの。そのときの虫の居所で、これまでは自分の気持のようなものしか話したことはなかったけど、うちのことから、横浜のおっ母さんのこと洗いざらい具体的に話してしまったの。パパのことを言ったら、あの人『君までが旦那を――』と言ってわめくような怒り方をしたわ。わたしくやしくって泣いちゃったわ。ごめんなさい。素のろけと突っぱなさないでね。泣けるほど、始めてみたS・Tさんの実意がうれしかったのね。わたしの探していた人はこの人だと、むらむらとそういう気がして、S・Tさんの気持をきこうと思ったの。S・Tさんが承知したらパパに頼んでいっしょにさせてもらう考えだったの。よっぽどそう言おうかと思ったけど、わたし思い止ったわ。それは花柳界ではめったに見られないまじめなんだし、独身だし、わたしを好いてくれて長い間お友だちとして逢い続けてくださるんだし、その点願ったり叶ったりよ。でもいかにも貧乏なのね。三十をだいぶこしているのに、自分一人喰べるのにやっとこさというのね。くたくたの背広に穴のあいた靴でしょう。お正月だって、おじいさんの形見だと言って本人は自慢しているけど、羽織や着物の畳目は虫がくっているの。そんなんじゃなんぼ人は人でもわたし尻ごみしちまうわ。S・Tさんに普通の家庭をもてるくらいの収入があれば、むりにもこちらからそうお願いしてみるけど。こんなの虫がよすぎるというのかしら。貧乏金持の見さかいなく惚れこむなんて、そんな気の利いたことこれまでもこれからもわたしの柄になさそうよ。もしわたしが明治のはじまり時代に生れたら、そんなことにとんちゃくなくできたかもしれないわ。明治に生れなかったのをつくづく後悔することもあるんだけど」

「ふん。綺麗に四五年も続いた友だちとは珍しいね。綺麗だったから長続きしたとも言えるが」

「そうかもしれないわね」

「いくらなんでもそれほど乏しい人ではね。それに君は自分の一了見では生きられない女だからね。そうだろう」

「ええ」

と、言って君栄はあらためて自分の肩先を撫で廻してみるような気持になった。

「わたしのようなものには、なかなかいい人が見つからないかしら。何かと贅沢は言う方だし、横浜のおっ母さんもついてる身だし」

「いや悲観したものでもないね。話せる人なら、そのおっ母さんぐるみ君を家庭の女にするね。まだ若いんだし、あせることはない」

と、青木は持前の坐りのいいもの言いであった。

「これはという人があったらパパ世話してね。お願いだわ」

「言われるまでもなく心掛けている。君をちゃんとした男に添わせるのが、わしの年がいらしい役どころだろうからね」

「ぜひいっしょにさしてくださいね」

パパとそう呼ぶ君栄は、娘のようなにごりない眼をするし、青木は青木で父親らしい面持ちであった。二人の上にはてんで体の上のことなどないというような具合であった。事実青木はたいして君栄の体をほしがるけしきもなく、己より四十年下の親のない子がいたいけなくいじらしいという思いに先だたれるようで、これはかつていかなる妓や娼にも亡妻の場合にも経験したことのなかった情愛だったたし、人一倍なさけに脆い君栄では一途に縋り寄る模様で、はたには耳障りにも聞えそうなパパという言葉が今まで口にしなかった響きをつけすらすらと澱みなく流れるのであった。

「少し涼しくなった。そこをしめておくれ」

と、青木はたるんだ猪首を左手にひねった。

「はい」

と、立って君栄は窓をしめてきた。ずんぐりな体に、眉の長い地蔵顔は、鯛の刺身を総義歯の口へ運んだりした。

「もっと召しあがる」

「ああ、もう一本くらいいいだろう」

君栄は弁慶縞の袖口から、細い手をのばして柱のベルを押した。間もなく女中が顔を出し三つ指をついた。

「この西京焼なかなかおいしいよ、喰べてごらん」

「そう」

君栄も箸をとって、鰆の小さな肉片をつついた。そしてその一方を蕾のようにあけた口へ入れ、控え目な喰べぷりであった。

「おいしいだろう」

「ええ」

きゅうに細まる目許がまばゆいような笑い方になるのであった。

「君は踊りだけは好きだと言ったね」

「ええ」

「踊りは君の柄に合うし、ひとつその方で名とりになってみてはどうかな」

「そうねえ。でも大変でしょう。名とりさんになるには。わたし、まるっきり下地というものができてないんですもの。これは踊りだけの話じゃないけど」

「まあ、努力してみるんだね」

「今さらそんなことを始めても後の祭でしょう。そんなにいつまでも芸者でなんかいたくないわ」

「芸が身を助けるふしあわせと言うのじゃないが、間違った時の用心に一芸を身につけておくのもいいことだね。どっちころんでも自分で喰べて行ける道さえついていれば心強いものだからね。わしは芸者として箔をつけるという意味で言っているのじゃない」

「そうねえ、間違った時の用心ね――」

「わしのついてるうちに身につけておくといいね。そうおし」

「ええ。でもわたし名とりさんになれるかしら」

「まあみっちり勉強して二三年というところだろうね」

「やってみますわ」

「それがいい。お嫁にゆけるようになったとてこれが邪魔になるというじゃなし、立派にものにしてごらん」

間違いといえば、大野との一件も間違いであった。青木とこうなのもその間違いが生んれるのであった。そしてこの間違いがまたどんな間違いを持ちきたしかねないとも思わだ間違いであった。そんな間違いだらけの月日を持たされた身が間違わず曲りなりにもそれで喰べて行ける職業をもつことは、多く考えてみるまでもなく君栄にはけっこうと合点された。しかし気持の底から乗り気になれないものがあった。二十三歳の彼女には、そんな身すぎ話より、やはり男、家庭それにつながる、仕どころの方がずっと耳よりなものに聞こえるのをいかんともなしがたかった。

半分は青木の顔を立てるためという恰好で、

「パパ、お師匠さんに心当りありますの」

「新橋の松豊川で懇意にしている花柳徳三というのがいる。若年だが芸の確かさで評判がいい。松豊川から話しこめばぞうさなく纏るね」

「花柳徳三ね。何んだか聞いたような名ね。一週間に何度って、東京へ通うのね」

「そうしてもいいわけだが、いっそ松豊川の看板で出るようにしたらどうかね。そうすれば稽古するにも便利だし」

「わたしが新橋から出るの。いやなことだわ。芸なしの田舎芸者とばかにされて肩身の狭い思いをしなければならないわ。いくらパパがいてくれたって」

「いや、そういったものでもない。新橋だってピンからキリまでだからね。泊り専門の妓だっているのだからね。新橋だからといって尻ごみするなんか君らしくもないね」

「でもねえ、新橋といや——」

「これは今考えついたことではないが、松豊川の近くに一軒家をもって、松豊川から出るようにする、そうしてあげたいと思っているのだが。あすこの女将にもそれとなく言ってあるのだが」

「パパこれだけは堪忍して。第一わたし東京が好きでないの。あんなに人間がごちゃごちゃして、せせっこましい歩き方しているところいやなの。君栄は子供のころからいた海岸町がいいの。とおりばかり広くって、家といっては大きいの小さいのとでこぼこに並んでいる、帯のゆるんだような町ですけど、間が抜けたようにのんびりしているところ捨てきれないわ。福住には病気中のお父さんやおっ母さんもいるし、お友だちもいるし、何んといってもわたしの故郷のようなものですもの」

「そんなに海岸町が居心地がよいのかね」

と、青木はちょっとは皮肉そうに眼角を硬くした。

「ええ。しみこんだ海岸町の水ですもの」

と、君栄はなでがたを媚びるように廻してちょうしをとった。

「そうしたものかね」

と、青木はなおも解せないという盃の上げ方であった。君栄は真実都会の騒がしさを嫌い、田舎町のしんとしたところを好いてもいたが、新橋の芸者となり、その土地に一軒の家をもたされた日には、文字どおりの妾である。まるまる青木の掌中に収められるに忍びないのであった。長ずれば子供でも自分自分の部屋を持ちたがるように、彼女はそんなにまで自身を青木に預けきりにするわけにも行かないのであった。そしてそれをそうとわって言えるほど旦那に芸者というこだわりがまだとり払われてもいなかった。

「では、海岸町から通うことになるね」

「そうさせていただくわ」

「大変だね。午前中に汽車へのらなければ間に合わないからね」

「途中でだだをこねだしたら、パパ、どやしてください」

三本目がなくならないうち、嘔気がしてくるようだと、青木は盃を伏せた。

ジョニーオーカーの角罎を紫檀のテーブルに据え、ネクタイなしのワイシャツに紺のズボンという大野は、大きなあぐらをかいて、ちびちびやっていた。その隣りには、頭髪をひっつめのようにし、頰を思いきり塗りたたいている千両が、水色の座敷着で控えていた。待合時本の六畳で、ねばっこい海風が軒端の風鈴を音たてていた。

すっと襖があいて、君栄だった。鬘《かつら》なしの水髪をうしろに束ね、こけた頰のあたりをいくらか色めかせ、矢絣《やがすり》の錦紗の裾をひきずりながらはいってきた。そして大野と差し向いになる位置に坐り、

「いらっしゃい」

と、大野に目礼し、

「今晩は」

と、千両に会釈した。

「お先きに――」

千両が笑うとたわいなくお婆さんのようになる笑い方で挨拶した。

「相変らず御繁昌のようだな」

と、大野は上手からひやかすような調子であった。

「ええ、おかげさまで」

と、君栄もそらぞらしい口であった。そう言いっぱなしにしてのこる何か空虚な感じに彼女はちょっと腰をのばし角罎を握った。大野は半分ばかりを一気にのみほし、ぐいとグラスを前に出した。

「君に一つ行こう」

と、大野はさりげなさそうにそう言ったが、きらりとしている目の中に、それをこばみえないようなものを見てとって君栄はコップと罎を置いた。千両がそれを持ちかえた。うつむき加減につがれた液体を一息であけ、ついでコップに水を満した。その君栄の様子を口髭の口をほころばせながら、大野は見るともなしに見ていた。

「ありがとう」

グラスは大野に廻された。大野はグラスを持ちながら、角鬢を斜にする君栄の顔からやはり目を離そうとはしなかった。

半分ばかりあけると、グラスを置き、

「ちょっと、君に見せたいものがあるんだがね」

と、落ちついた、細いが抑えのきく声だった。

「わたし遠慮しようかしら」

と、千両は腰を上げようとした。

「いや、いいんだよ、いてくれたまえ」

君栄は穏かでない雰囲気を見てとり、ちょっと咽喉もとをしめつけられるように、苦しそうな目つきをし、その目はぴたりと大野に釘づけになった。ズボンのポケットから摑みだされたものは、ぽんとテーブルに投げられた。

「ま、読んでみたまえ」

女用の小型な封筒には差出し人の名がなかった。中味は文字どおり金釘流の筆蹟で、青木とのことを親切めかしく密告したたどたどしい文章であった。君栄は顔色ひとつかえず、無感覚な目で読み下げて行った。終るともとどおりにし、手紙を大野の前へ置いた。

「すみませんでした」

ひとことそう言って、静かに頭を下げた。

「そのとおりに相違ないんだね」

「青木という人のお世話になっております」

と、一分のすきもないような神妙さでうつむいている。出し遅れの証文を突きつけたような勝手に、いささか鼻白んで、

「事実なら事実でいいんだ。芸者が旦那をもっていけないなんて法律はどこの世界にもないからな」

と、言いながら、大野は乾いたような笑いをまぜようとしたが、うまく行かないのであった。

「話はすんだんだ。君はひきとってくれたまえ」

と、せきこんで言った。この場のけりをつけようという心づもりである。彼は手紙では半信半疑であった。座敷着のいいのを着るようになったくらいのところで、持ちものなど前々とかわりなかったし、ずっと千両へ彼流のなびき方を示してきた眼には、君栄の鼻の方角などはっきり映らなかった。いわば不意打ちであった。それがはっきり君栄の口から裏書きされた手前は、男の己惚《うぬぼれ》がしっぺがえしを喰った形に相違なかったけれど、下手な騒ぎ方を始めてぼろを出すようなだらしない大野でもないのであった。

君栄は畳に両手をつき、しとやかに頭を下げた。伏し目になっている千両の方へも叮嚀

な挨拶をし、すっと立ち上り前かがみの姿勢で座敷を出た。そしてひとつひとつ足下に気をくばるようにしながら、ニス塗りの階段を降りて行った。

頭髪をぐりぐり坊主にして、すっかり相の変ってしまった砲兵伍長の大野の応召姿が、都新聞の映画欄に現れたのは、五日後のことであった。


省線電車を信濃町で降り、電車通りを横切り、君栄は慶応病院の黒い門へはいって行った。空はまっさおに晴れ、風もない、真冬とは思えないほど暖かな日であった。わざわざ海岸町から下げてきた梅の一枝には、白いものが点々と匂っていた。

下足番に穿きものをあずけ、黒の三つ紋の羽織、大島に派手な紡ものの下着、ビロードの肩掛けをしている君栄は、勝手知った廊下を早めに歩いて行った。車のついた担架に摺れ違ったり、胸のむかつくような部屋の前を通り過ぎたりした。二階の廊下からは中庭で日なたぼっこをしている白衣の女の群など和やかに眺められた。玄関から一町も来たところに「青木大蔵」と名札のかかっている病室がある。一週間に三度は定ってここを訪れることすでに四カ月近くであった。昨年の秋口から、青木のすすめ、松豊川の女将の口ききで、烏森なる花柳徳三の許へ稽古に通いだし、福住も竹川と改名して営業を許可される運びとなり、青木に借金の方をかたづけてもらった身柄はあらためて竹川の看板かりという ことになり、世間の戦時気分をよそにしたそんなこんなの喜びに気を持ちなおしている最中、ふと青木が慶応病院に入院したのであった。初めのうちはたんに長年の酒の祟りから来た胃病ということで、本人ものんきな顔をしていたが、見舞うたびごとに顔色がすすけて行く一方になり、おんぼりした地蔵顔が痩せだし、いやな匂いまで発散させるようになった。胃癌であると君栄が知ったのは去年の暮のことであった。それを帰りがけ看護婦からきかされた時君栄は一度に顔色をなくしたのである。胃癌に薬はない、とは貧しい知識よりない彼女もよく知るところであった。

稽古の帰りには、たいてい鉢植の花か、水菓子を下げて彼女は病院を見舞った。そして時には青木の不精鬚をはさみで挟んだり手足の爪をとったりして、見舞客の来合わせない時は二時間も三時間も彼の病床にまつわりついているのであった。不治と知って帰る路で、彼女は人目をはばかるため、看護婦のなりしてそばにつききりでいようと決心し、そのつもりを青木に申しでると、青木は老いの両眼に涙をにじませながら、その好意はうれしいが、君は花柳のところへ行かなければならない、わしのことは忘れて稽古に精出すようにと辞退するのであった。娘でない娘のやるせなさに泣く泣く出た病院の門であった。

青木は目に見えて衰えて行った。流動物より通らなくなってから、総義歯を外してしまったので、頰のあたりが穴のあいたように凹み、ぺらぺらな唇は日々色が悪くなり、そのわずかな部分まで病毒によってこれをすり減らされて行くようであった。一本の枯木のように朽ちすたれて行く肉体をかかえて、心もち血ばしった眼をすえる青木を、君栄は正視するに耐えなかった。この病気につきものであるという患部に激痛の来ないだけが青木のしあわせのようなもので、頭脳の冴えがますらしいのも痛々しかった。文明の華を誇る現代の医学が胃癌には全然歯がたたずにいるざまがきゅうに業腹《ごうはら》になり、彼女は前でのんでいる海岸町の医者にあたりはじめたり、柄にない大酒を過して、ところかまわず前後不覚に陥ったりした。彼女には青木との別れがなんとしても諦めにくいのであった。大野とはまずい工合で行違いになるし、今の彼女にはたった一人の旦那であり、その上パパでもある男であった。その人の力や情けを失ってから先きの我身のはかなさにも思い及んで流す涙は、一度見せるとなかなか果しがつかなかった。けれども十五の春に女にされてから、一週間は便所の中で泣き続けた彼女であった。人の世の木枯しは幼時よりその身にしみいるはずの彼女であった。泣き虫な一面もあるが、彼女は自分が思っているよりも実際は強い女であった。

「ほう、もうこんなに咲いたかね」

と、青木はしなびて骨と皮ばかりの手を、白い羽根布団の下から出そうとした。

「ええ。小峯公園のです」

と、つとめて笑い顔を造った。今年の梅はこれで見られたわけだが——と思い入れをして、老人はえぐられたように凹んだ眼許をしょぼしょぼさせながら、君栄のかざす枝ぶりへ、吸いつくような視線を向けた。

「今年は暖かいので、もう熱海の梅は散りかけたそうです」

「あすこは海岸町よりひと月早かったね。ありがとう、おかげで梅が見られた。あの水仙といっしょにしておくれ」

「はい」

ベッドと窓との間のテーブルには、薬罐や花罐や、見舞品の箱や、青木の愛玩の金時計などが行儀よく置かれてあった。南の窓から、午を少し廻った日ざしが、病室の半分近くを明るく見せていた。

「今日もいい日和だね」

「ええ」

君栄は枕元の椅子にしっとりと腰を下した。しばらくは眼のやりばに困ったようななじであった。

「あの、お鬚はさみましょうか」

「いや、ありがとう。あれからまだ五日とたっていないね」

と、青木はぺらぺらな口元をそよがせ、その眼にきらめくような微笑を見せた。それが眩しくて君栄は、頬がほてるようであった。

「子守は上ったかな」

「ええ、もう少しで、でもわたし、子守をやるにしちゃ体が大きすぎるって徳三兄さんに冷やかされますわ」

「そうだね。あれは、体にあどけないところがあるうちがいいね。この次は?」

「五郎です」

「ほう、五郎。いっそくとびに荒事だね」

と、言いながら青木は敷島の箱の方へ眼をやった。腰をのばしてそれをとり、吸いつけ煙草にして持たせた。

「昨日松豊川の女将が来て、君の踊りは癖がないからのびそうだとほめていたよ」

「そう。そうかしら。わたし踊りはだんだん好きになって行くようですけど」

「それはけっこうだね。忘れても名とりになるまでは辛棒することだね」

「ええ。よく解っていますわ」

青木は力のない空咳を二三度した。

「煙草もうまくない。捨てておくれ」

ちょっと口にしただけの敷島を、君栄はしばらくもてあましていた。

「口へ入れるものは何もうまくない。水っぽい葡萄酒だけだね。いくらか味のするのは」

「でも、せい出して喰べなければいけませんわ」

「ああ。年からすれば、いつ目をつぶっても不足はないようなものだけど――」

と、青木は目を閉じた。そして消え入るような息づかいを見せるのである。つりこまれ

て君栄の目の前もきゅうに暗くなりかけた。いけない。そう気をとりなおして、

「パパ。お見せしたいものがあるわ」

「ほほ」

侘しく目をあいて、

「何んだね」

君栄は帯の間から一枚の写真を抜きとって、青木に持たせた。

「ほう」

キャビネ型の写真には、白襟に五つ紋の褄をとった君栄の立ち姿だった。言うまでもなく青木のさせた春の仕度で、長襦袢の裾まで金糸をからませた衣裳は、当時海岸町の人々の目を奪ったほど贅沢なものであった。

「立派だね」

「ええ。一目パパに見ていただきたかったんです」

「いやこれを見れば見たも同じだ。わしの目のせいかな、少し顔がやせすぎているようだが」

「ええ」

着ているものと反対に、何か翳のさしている細面を、青木はなでるように眺めやった。

「君にもいろいろ心配させたね」

「いいえ」

早くおなおりになってという気休めを口にできない気づまりで、君栄はあぶなく崩れかけた。

「この写真、いただいておくよ。そうだな。いちいちとってもらうのもなんだから、ここへ入れておくれ」

と、青木は枕元を指した。

「ありがとう」

言われるままに、君栄は写真を敷布団の間に入れた。

「そこへ置けば、好きな時に出して見られる」

と、言って彼は子供のような罪のない笑いをかすかに見せた。そして静かに眼を閉じ、影の薄い息をはじめた。両手を膝に重ねた姿勢で、君栄はその寝顔にしめった眼を向けた。眉と眉の間から額にかけてこのごろできたあざのような広がりは、見るたびに色が濃くなり、その青黒い不気味な場所も少しずつふえるようであった。こんなになってしまっては桜時分までもあぶないと呟く声もした。見ているうちに、君栄の頭はぼうっと霞んでき、去年の今ごろ寄りそって眺めた清風の雪の庭など遠い夢のようにちらついてきたりした。

「どうしたの」

青木の声に我に返った。

「君はぼんやりしてしまってはいかんね」

と、やさしくのぞきこんで、それとなく青木は嬉しそうな顔であった。

「わしがどうなろうと君はしっかりしていなくちゃいかん。年寄りが死ぬのは順だし、支那では毎日大変な人がたおれている際でもあるからね

――」

「ええ」

「君が名とりになった時のおひろめをわしの手でしてやれそうもなくなったのは残念だ。相当な人を探さずじまいで君とお別れしなければならないのも心残りだ。仏造って魂入れずということになったようだけど、君のことは昨日もよく松豊川の女将に頼んでおいた。あの女将は見かけはがらがらしているようだけど、なかなか実のある人で、わしも長年友だちのように綺麗な交際をしてきている。あの人に頼んでおけばわしも安心だ。女将も一度わしの目の前で君に会っておきたいと言ってくれた。わしがないのちは、わしと思って

――」

と、ここまで一気に声をはげまし続けた青木の面相は、遺言でもする人の犯しがたいような気高さに引き緊った。

「この次の日曜あたりに会ってみるかな。君が来たらすぐ電話でここへ来てもらうことに

しよう」

「すみません」

君栄はすでに眼頭を熱くしていた。

「何を言っているんだね。あってみるね」

「ええ」

「そうして、三人でゆっくりいろいろなことを相談しよう。そうしよう」

「すみません」

と、感に堪えたような声を発しながら、君栄はベッドの傍に泣き伏し、しなやかな背すじを波打たせるのであった。

三月なかばの午前の陽ざしを背にして、金の房のついた国旗をかついだ在郷軍人、白い割烹着に「国防婦人会」と書いた襷をかけた女たち、日の丸の小旗を手にしたカーキー色の青年団員等三三五五停車場へ集ってきた。

君栄は駅の入口の所に立って、停車場前の広場を眺め人待ち顔であった。左手に田舎町にしてはハイカラなコンクリート三階建の食堂、右手には何々講中の看板を並べた日本建の食堂、箱根細工を売る店、喫茶店と順々に並んで広場の出はずれで路がふた手に分れる角には、酒の庫というちゃちな飲み屋の店があった。銀色に塗られた大型のバスが出て行ったり、色の褪めた小さな電車がはいってきたりした。

銘仙の羽織についの袷せ、黒っぽい肩かけをした五十がらみの小造りな女が君栄の許へ寄ってきた。おしろいけのない顔の色艶がどこか仇っぽい芸者屋福住改名して竹川の女将である。ついで短かめな羽織を肩からずり落ちそうにしている若い芸者が君栄の前でおおげさなお辞儀をした。彼女らと話しながら君栄は駅にはいり、大きなテーブルの近くへ行った。大中小と三箇の革鞄に風呂敷包一つがテーブルに載っており、黒目がいやに光るむっちりした竹川の妓がその番をさっきからしていた。日やけした顔に世帯やつれの見える丸顔で、旧式なラシャのコートを着た年ごろは竹川の女将と同じくらいな女が前かがみの内股でやってきた。「横浜のおっ母さん」で、この正月から竹藪をうしろにした小さな家を借り実子を海岸町の小学校に通わせているのである。大島田の根をゆるませ眠むそうな顔をした妓もかけつけた。揃って自動車から降りてきた三人の妓たちはそれぞれ「間に合ってよかった」という身ぶりであった。都合六人の芸者は、福住や花本のもので彼女が何かと目をかけたことのある女たちだった。最後に一人自動車から降りてきた眼もとの愛らしい、すらりとした姿に華手な羽織をしている妓は吉住の看板かりで、百人からいる町の芸者の中で君栄が友人として交際してきたたった一人の女であった。同輩、姐さん筋にあたる芸者の顔は全然見えなかった。つんとしている、頭が高いと待合の女中の間で評判のよくなかった彼女だけに、そんな顔も見えなかった。さらに男の気というものはかけらもない彼女の見送りであった。

上り九時四十五分の準急にあと三分である。君栄をまん中にして一同はぞろぞろ改札口をはいった。小さな革鞄を下げた吉住の妓は、君栄に寄り添いながら言葉少なく歩いて行った。草履穿きの背丈もちょうど同じくらいで、腰のあたりの恰好までがよく似ているのである。東京と海岸町、言わば目と鼻の間の近くではあるけれども、やはり別れは別れで、それを噛みしめながら行くような二人のしのびやかな足並みであった。青木の四十九日は一昨日と過ぎ、故人の手許からは君栄へ遺された二千円の金が松豊川に預けられてあったし、十分めんどうを見るとさしのべられた女将の手でもあった。覚悟はしていても青木の歿後は大きな穴があいてしまったようで、商売の方はずっと休みぱなしの、ふらふらと汽車へ乗っては上野の墓地を訪ねたり、「銃後奉仕団」という襷をし、芸者や待合の女中などの群にまぎれこんでは停車場へ出かけたりしてつなぎをつけ、それが日のたつにつれ顔色も持ちなおすようになり、一日のばしにのばしてきた今日であった。水のかわったところで、せいぜい浮気でもしてみるか、とそんな気持だった。場所が新橋なら踊の稽古にも便利だし、舞台に不足はないはずだった。とはいえ、自分がいなくなってしまえば、今のところ売れのよくない丸抱え二人きりの竹川のことなどいろいろ気にかけているようでもあった。

発車のベルがなった。送る女たちは片手を高く振り続けた。窓から顔を出している君栄の姿は投げられたように小さくなった。

カーキー色や白い割烹着の並んでいる側のホームに軍用列車がはいってきた。

（「文学者」昭和十四年三月）

宮町通り

小田原の、氏神明神の鎮座《ちんざ》するところから、その界隈一帯を、『宮町』と古く呼び伝えたものと覚しい。

ひと口に云って、『宮町』は小田原の花柳の巷である。第一次世界大戦当時は、二百人に近い芸者、三十軒を超える芸者屋、待合の数も相当であったが、昭和にはいると、段々下り坂になり、かてて今度の戦争では、終戦の前夜焼夷弾を見舞われ、箱根寄りのほんの一部分を残して、全焼という憂目をみていた。

戦後、七年経過した今日でも、本建築にしろ、バラックにしろ、町筋は満足にまだ整っていない。『宮町』を、東から西へ、まっすぐ抜ける、新しい大通りの両側に、畑のようなところが残っていたり、家の廂が通りからずっとひっこんでいたりして、何やら新開地めいた趣きである。新道路に高さ一丈とないひょろひょろの柳を植え、朱色の春日燈籠など並べたが、かえって、焼けあとのそれらしいような感を如何ともなしがたかった。

今日、芸者の数も、百人以下となっていた。箱根の湯本や、宮の下の方が、人数では小田原を凌《しの》ぐ有様である。近頃、見番の建物も出来たが、路地裏の平家で、畳数十枚前後というごく小さなものらしい。徳川時代から明治・大正期まで、東海道屈指の色街と見做されていた小田原が、時世につれ、遊郭はあらかたアパートに早変りして、亡びてしまったし、花柳界も昔日の面影を殆ど止めないような、甚だ引立たない土地と成り下った。

七月末としては涼しい、ひと雨きそうな午下り、竹七はつっかい棒然としたものに、やっとつかまり立ちしているような柳や、待合、料理屋、芸者屋、かまぼこ屋、その他の名前をぺたぺた書きつらねた燈籠の並ぶ通りを、ぶらぶらやってき、前からの、路面をセメントで固めた通りと、十文字になるところまで来て、ものありげな人立ちの様子に、角店の水菓子屋の女将つかまえ、次第を糺すと、花丸の義母の葬いの由である。のみこんで、古くからの通りへ出、みてみると成る程、出来上ってからそうたっていない二階家の、しゃれた松などがのぞいている白木の門前に、黒地に金箔散らした霊柩車が一台停ってい、ひとの出入りも忙しいようであった。その家はもと三味線屋があったあとへ建てられたものので、表札には花丸の本名『青木てる』と記されていた。花丸を、竹七が座敷でみたのは、あとにも先きにも、一度あったかない位の、ごくごく行きずりな間柄ながら、二十年来おもてでぶつかれば、必ず目礼しあうような工合でもあった。彼女は、カフェの女給から芸者屋へくら換えし、すぐその日からとまり専門の稼業を始めたような女で、そんなにして二十代を迎え、二三年すると自然箔もつき、旦那も出来て、「看板借り」ともあり、『宮町』に近い長屋へ一軒の家を持ち、はるばる九州からやってきた叔母を実の母親代り、二人住むようなことを始めた。彼女名前の家が出来るまで、十数年来、花丸はそんなにして暮していたのだが、その間AからB、CからDというふうに、そのみちのものが、多くそうして生きついで行くように、次々と旦那をとり換え、今日に至ったのである。大ッぴらな噂に立つほどの、脱線振りや色沙汰つまずきもなく、巧みに世間ヅラを保ち続けてき、終戦後は布地問屋の旦那をつかまえ、これに二階家を新築させる一方、彼女振り出し当時、籍を置いていた芸者屋が左前になっていたところから、その名儀及電話を買い受け、『琴の家』と名乗り、かかえの芸者三名に稼がせ、自分も平場《ひら》専門という触れ込みで、やはり座敷へ出ていた。最近、布地問屋との仲が、あまり香しいものでなくなり、旦那の方では、女よりあてがった家に執着あって、ぐずぐずしているらしい、と云うような噂も立ちかけていたが、四十歳を一二年のあとに控えた、その稼業のものとしては、今日までのところ先々ひとが羨んでいい筈な花丸の身分である。昔、体を売ってきた女だけ、一人も子のないのが玉に瑕であろうが、それを云えば、彼女がこれまで、もの目当《めあて》でなし、真実の色恋ずくで接し、且《か》つ続いた男などひと目につくつかないは別としてあったかなかったか、その方面のせんさくもしたくなるが、敢えて「野暮」と心得、ここではあずかって置くことにしよう。

血のつながる、叔母と云えば云えそうな、花丸と細面《ほそおもて》の顔だちあたりどこか似ている女が、影の形に添う如く、又人形を操るかいらい師もどきに、彼女といつも一緒であった。往来を歩いている時、映画館へ行く時、食物屋へ這入る時、風呂屋へ出かける時まで、前々からそうであった。近頃は、パチンコ屋の中でも、実の母子のようでいてそうでない組合わせのふたりを、よくみかけるようになっていた。既に、小さく丸めた頭髪には、深い霜がきており、足許覚束なく、黒い杖でひくようにしていたその老婆は、このところ、ふたつき病むか病まないかで、死んだのであった。

船板塀を巡らす、大きな、焼けのこった待合の近くに、銀色の小型バスが一台停っていた。喪服の芸者屋の女将、姐さん芸者、近所のもの、以前花丸がいたことのある長屋の家主、行きつけの理髪屋等々、バスへのりこんでいた。嘗《かつ》て、小田原で羽振りを利かし、今では東京新橋へんで、飲屋を開業し、そこの女将に納っている、花丸より四つ五つとし下ではあるが、土地にいた頃大変仲よくしていた女が、三十歳を越して大分脂肪の廻った体に、場所柄とも思えない派手なワンピース着、ハンカチで泣きはらした赤い眼をおさえながら、バスの方へ行った。続いて、上から下まで喪服姿の花丸が、これもはれぼったくなっている眼をみせながら、立ち並ぶ見送り人に一々丁寧な挨拶し、水菓子屋の女将のうしろに突ッ立っている白いシャツにズボン、下駄穿き姿の竹七に眼が止まると、改めて痛いというふうな面持ちとなり、目礼しただけで、薄化粧した顔をうつむかせ、バスの方へ小急ぎとなっていた。花丸と、死んだ婆さんの、丁度まん中へんに当る年恰好の竹七は、そくばくの思い入れしながら、すんなりした花丸のうしろ姿などみている裡、若しやと頭にくるものがあった。君栄が来ているかも知れない、とそう思い、ひと足前に出るようであった。

花丸と、同いどしの君栄は、東京築地で、小さな料理屋兼待合を目下経営している女であるが、花丸同様、二十歳前後は、小田原の不見転《みずてん》芸者として、長い間客に見《まみ》えたものであった。ふたり共、啄木など好く文学ファンであり、又どちらも実の父母を持たず、小学校も満足に出ていない境涯も似ていたし、それに容貌、目はしの利き方までほぼ一致するような塩梅から、無二の親友の如き交際を持ち、としとって東京・小田原といどころこそ変れ、彼等の往来は依然として絶えていなかった。

竹七は、バスの方をみてみたが、その中には、君栄らしいひと影がないようであった。猪頸《いくび》をひねり、霊柩車の停っている方角へ目をやると、案の定、赤松の枝がかぶさる小さな門から、喪服を着、白足袋に黒いフェルト草履つっかける君栄が、上背のある華奢な体を、心持ち前かがみにして、出てくるのである。竹七は、いくらかハッとしたように、小柄な五体を硬ばらせ、反転的に、柳などの並ぶ新道路の方へ、あとずさり始めるのであった。

○

芸者屋『福泉』から、不見転芸者として、突き出されたのは、君栄がまだ肩あげのとれて間のない、骨身のなよなよしていた時分である。都々逸ひとつ、満足に弾けない彼女がその後めきめき売り出し、月のうち『福泉』で寝るのは、一度か二度といった工合で、身の丈け五尺に手の届くころともなれば、土地で一二を争う玉高の稼ぎを示していた。当時、東京のある会社の社員で、社用旁々《かたがた》よく小田原へやってくる、縁なし眼鏡かけた大学出の若い男に、君栄はそのとし頃の女らしい恋をし、先方も亦相当熱くなり、二人の間に夫婦約束も出来、男のタネまで宿して、夢二ファンでもある彼女は地獄から天界に昇る思いのようであった。ところが、腹の子の目立ってくるにつれ、縁なし眼鏡の脚が、段々遠のくような成行きとなり、再三小田原から、丸の内の勤先まで足を運んだりして、どうにかつなぎをつけていたのが、下腹がごまかしきれず、どうにも稼業が覚束なくなる時分には、いくらかの手切金を握らされ、君栄は引き下らざるを得ないような羽目に立ち至っていた。男に重々気はあったが、一人息子をこの世にかけがえない唯一のものとしている、夫に先立たれた未亡人である男の母親が、最後まで承知せず、死ぬの生きるのと、立ち騒いでみせて、彼等の間を裂くに躍起となり、芸者に出来た子供などとまともにとり上げもせず、そんな女親に負けて、縁なし眼鏡は君栄を捨ててしまったのであった。子は、無事に生れ君栄は母となったが、乳が出なかった。横浜にいる、養父母の許へ赤児を託し、ふた月ばかり休んでいた稼業に舞戻ったものの、もともと痩せていた君栄は、二貫目近く体重が減り、二十歳前と云うのに、眼尻におしろいでは隠せない位の小皺が寄り、いっぺんに四つ五つも老けて、あごが尖り、切長の大きい眼ばかりいやに光る、前とはその面相も別人のようになってしまっていた。男へのつまずきは、彼女の運命を決定的に左右し、女の性格まで一変させたかのようである。元来、いける口であったが、君栄は深酒をやるようになり、気に入らぬ客に盆を投げつけるような振舞いにも及び、酔いつぶれて、路ばたにつんのめるの図まで繰り拡げるようであった。丁度、その頃、父親に死なれ、母親は中気の床にあり、稼業ついだ弟も甲府聯隊に入営中だったので、留守居役として東京から帰っていた竹七は、父親の葬式の折の香奠の余りをくすね、ちょいちょいおでん屋の暖簾をくぐることを始め、その脚が待合へまでのびたりして、揚句自分よりひと廻りとし下の芸者に心を寄せる仕儀ともなったが、相手の女は一向になびくとみせず、彼は手もなく失恋の痛手を買い、甚だ男を下げざるを得なかった。程度こそ異れ、同じ疵もつ身の君栄と竹七が、たまに座敷で顔が合うようなことが度重なるにつれ、どちらからともなし、共鳴するところとなりふたりは夜の海岸や、城址の月影を踏んで、そぞろ歩きしたり、女に乞われ、竹七がひそかに得意とする啄木の朗読を長々と続けたりした。そんな、中学生と女学生のような、毒にも薬にもならない、色模様を繰り返すだけで、ふたりの仲は別段どうということなく、そのとしの秋口には、通信社の仕事で、前々通り細いたつきの代を稼ぎ、同人雑誌への発表する作品の勉強もすべく、竹七は東京本郷の下宿に引揚げて行き、年末帰省の際には、銀座のある店から、芸者が松の内背中へさす小さな扇子一本十五銭で求め、それを手土産として、君栄を喫茶店へ呼び出したりした。眼の美しい女は、眼もとを花のようにして、品物を貰いうけ、竹七にウィスキー紅茶やホットケーキなどあてがい、例の如く文学少女らしい口のきき方までしたが、それはそれだけの話のようであった。新しい年がきて、そのとしの花の咲く時分には、君栄に又新式な恋人が出来ていた。相手は、前の縁なし眼鏡かけた会社員とは、大分趣きを異にする、当時売り出しの映画監督大津高二郎であった。可成な映画ファンでもある君栄は、当の監督をみない前から、その名にあこがれていたような節もあって、いざ座敷で逢ったとなると、ガソリンに火を注いだみたいな気色となり、又先方もそんなに持ちかける女に悪い気はせず、箱根へつれ出して泊ったり、撮影の休暇中は、二人で一週間も旅行に出るというような塩梅式でもあった。相手にとって不足のないどころか、いっそ芸者冥利と君栄は益々襷がけであった。いったいが、金より名を、実業家より政治家を、役人より芸術家を好くかにみえる、ロマンチックなところもある女で竹七如きも三文であるにせよ、文士のはしくれというところが、彼女の気に多少かなっていたのであろう。それが、日本の隅々にまで聞えた名前の持ち主大津監督では、彼女が眼を抜かれて当り前であるが、君栄の精一杯の打ち込み方も、先へはそれほど届かず、いってみれば、恰好な遊び相手位にしか扱わないようで、日のたつ裡には、それが、段々不足にもなってきていた。君栄にすれば、分に過ぎた申し分かも知れないが、大津の妻にして貰いたいのであった。三十を二つ三つ超えた監督は、いまだに独り者で、母親と二人暮しである。先が惚れていれば、当然君栄をそうして当然であろうが、大津の仕打ちには、何か奥歯にものの挟まっているようなところがちらつき、君栄を余計じらせ、こじらせ、果ては彼女に不吉な気の廻し方まで余儀なくさせたりした。才能と人間とは別なものであると云う見方がある。骨身の固まらない頃から、夜毎見知らぬ男達を、腹に載せて稼いできたような女には、大津その人が多分に、甘く育ち、甘く人となり、甘い目で世間に迎えられた、坊ちゃんのような、どこか塩気の足りない世間並な、きれいごと好きな人間と写ってくるようでもあった。所詮、何千何百とも数知れない男の手垢がしみついている筈な自分などを、妻として迎えるなど、始めから出来ない相談の相手だった。名声にくらんだわが身の愚かさに口惜しい思いする場合も出てきた。とは云え、惚れた弱味で、みすみす疑わしいと知りつつ、大津の手を振りきるようなまねもならず、いよいよずるずるべったりに、日のかげったところを、ゆきつもどりつしていた。

そんな矢先きに、横浜の年老いた養父が病みつき、その方の負担が、前に増して君栄の肩にかかってきた。大津と出来てこの方、ひと頃のような荒稼ぎから大分遠のいていた君栄は、早速仕送りの金に困り出し、金銭には大して縁のない監督に秘密で、その頃しつこく云い寄り、その都度《つど》君栄がはねつけていた、東京のある実業家の世話になることになった。これが『旦那』と云うものを持った、彼女には始めての経験である。六十歳に手の届く老人は、割りと君栄の体をほしがらないでいて、よく気がつき、金ばなれも悪くない方であった。これを『パパ』と呼んだりして、せいぜい利用し、『旦那』なるものも亦満更ではない、などと一般の芸者並みに合点しかけるふうでもあった。

君栄が、実業家の世話になって、まだみつきとたたない頃、東京から竹七が来て、二人は待合の座敷で、差向いになっていた。竹七が、馴染の家だが、彼の場合、料理と云えば板ワサ位で、その他一品たりとも現れないような食卓で、ちょうしも一時間に三本位な勘定である。芸者一人よんで、五円そこそこで切り上げようという竹七の定法であった。そんな相手に、化粧した頬が、幾分染まり加減となってから、君栄は大津に秘密で『旦那』の出来た由来を打ちあけようとした。と、切り出すより早く『お前もそんなものを持ったのか。』と、竹七が、まるで恋人に裏切られでもしたかのような金切り声を発し、血相換えるのであった。彼の怒りに、君栄は胸を衝かれ、これもうわずったことを口走ったが、やおら落ちつきをとり戻しことの次第をこと細かに述べたててひと通り話の済んだところで竹七が『それで大津に済むのか。』などと駄目をおしてみると、彼には申し訳ない、男の顔に泥を塗ったような始末とは、よくよく承知しているが、もうどうしようもない、と云ってから、大津との仲がはり合いのないものにみえてきて仕方ないとも洩らし、ついでに大津その人のひと柄をあれこれ難癖つけたりして、そんな調子に乗って喋り続けたあと、ぐっと竹七の眼の奥底をのぞき込むような鋭いせっぱ詰ったような眼色をみせ『パパに頼んで一緒にさせて貰おうかしら。』と、さり気なく云いさすのである。ことの意味を、即座に読んで竹七は、なおもこっちを射るような女の眼ざしにたじたじとなり体を半分そらすような恰好をし、間を置いて『俺は駄目だ。君を女房にして、やって、ゆけるような働きのある人間じゃない。——何んと云ったって大津だ。大津だよ。』と、早口に、泣き出しそうなうそぶき方をし、身の程弁《わきま》えたていの辞退の言葉を口にする口裏では、女がそれでもと、ひと膝乗り出してくるかと期待したが、君栄はそんな気振りを更にみせず、多少鼻白み加減でうつむいたりして、軈《やが》て顔を起すと『じゃ、わたしが大津ちゃんと結婚する時は、あんた何をくれる？』などと、手の裏返したような文句を、蓮ッ葉に肩先振り振り云い出していた。瞬間、目まいのようなものを覚えながらも竹七は『その時は、そうだ。桜紙をお祝いにやろう。桜紙だッ。桜紙だッ。』『何、桜紙をくれるッ。桜紙ッ。』大口あいて投げ出すように笑っている竹七をみいみい、君栄も体をよるような声のたて方であった。

その夜は、例に依って、待合を出ると、まん中にどぶ板の通っている路地の突き当りにある『福泉』へ、竹七はしたたか酔った君栄を送り届け、翌日彼は東京へ引揚げたが、ものの五日とたたない間に、どこでどう工面したか二十円ばかりの金を拵え、又待合に上りこみ君栄を待っていた。彼は、君栄の心中を改めて糺しにきたのである。かねがね、自分等の手の届く女ではないと諦め続けていた女が、先方から仮にも結婚ばなしを持ちかけたなどは、棚からボタ餅のようなもので、あの晩はふたり共酔っていたし、話をその儘に捨ててしまうのも心外千万と、のこのこ出向いてきたのだが、まことにご苦労な沙汰であった。君栄が現れ、ひと口ふた口盃を干したところで、竹七は即座に己が来意を述べた。すると、君栄は言下に『川上さんはあんまり貧乏だから。』と、うつむき加減、先夜竹七が口にしたと同じようなせりふを、云いにくそうにしながらも、はっきり云った。きけば、竹七の納得もあらたまるようでいて、その場のバツの悪さなど如何ともすべなく、ふたりを取巻く空気も白けがちのところへ、女中が這入って来て、君栄に何か耳打ちした。と、君栄はいったん座敷の入口へ戻って、彼に挨拶もそこそこ、おッ取り刀で出て行きそうにする。余りのことに、竹七はくどく止め、わけをしつこく追求するので『じゃ云うわ。大津ちゃんが六時の汽車で帰るの。昨日から箱根へ来ていたの。』と、云いざま停車場まで男を見送るべく、君栄はいつにない大股で廊下を駈け出して行った。悪いことは重なるというが、文字通り泣きッ面に蜂というていたらくの、それでも竹七は腰を上げ、まっすぐ東京へ行けるかと彼の顔をみてみない振りしながら、気を揉む女中に、玄関先まで送られ、歩いて駅まで辿りつき、汽車に乗ったが、腰かけているのも苦しく、体を横たおしにし、黄色いものを口からたらたら吐き出したりした。

竹七の、あとを追うように、それから三日ばかりたって、嘘字まじりの金釘流で、しかも念入りにしたためた女の手紙がきて『昨日は、大変失礼した。わたしのはしたなさお許しを願う。どうか今後ともお友達として、解らないことがあった時は、いつでも教えて頂ける方として、御交際願いたい。云々。』とあった。一読、鼻で笑うような仕方をみせながら、それとは裏腹の、すぐペンをとり、彼女の云い分通り、こっちも友達として云々と、竹七は手紙に書いていた。覆水盆に返らず、という言葉を知らない、背のびしたとも、未練がましいともいずれにしろ、彼の鼻の下の寸法が知れそうな文面であった。

大晦日には、昨年同様、銀紙の小さな扇子を今度は二本、君栄への手土産とした。六日の晩、二人は待合で顔を合わせた。竹七は、父親の形見である、糸折の着古した羽織をひっかけ、足袋だけ新しくしていた。女は、老実業家が自慢で着せた、下着まで金糸銀糸をからませる、歌舞伎衣裳の如きぴかぴかの晴れ着姿で、大島田の鬘を載せ、ひとしお細面のほおのやつれも目立つようであった。元日と云えば、芸者の書き入れ時なのに、君栄は次々あと口をことわる落ちつき振り？　まだ雑煮を喰べてないと云ってみると、竹七が鳥《とり》鍋《なべ》と一緒に、切餅を取り寄せ、鍋の中で軟かくなったものをふたりしてひっぱり合うような、他愛もないことを始めていたが、その裡雲行が一変し、竹七の方から喧嘩を売り、『お前はこれまで、どの位男を腹の上にのせたか、その数を云ってみろ。』などと、女を泥沼の底にたたきこむような口上をまくしたて、仇敵に見えたも同然の血相になる。痴情としても、可成含むところのある、意趣返しに近い彼の荒れ方であった。始めのうち、受け太刀だった君栄も、顔色かえて応酬し始め、四時間以上長尻した座敷から、ふたりが御輿上げる時分には、どちらも口の利けない位に、顔面をひきつらせていたが、一緒に待合を出ると『福泉』へ帰る女について、竹七は又無言で歩き出すのであった。路地の突き当りの『福泉』の格子に手をかけ、赤い蹴出しを褄取る女の白い脛《すね》が、ひと足玄関のたたきにかかったところで『いいか、今夜の勘定はあとで貰うからな。』と、竹七は口もとを苦っぽく歪めながら、そんなことを口外するのである。『勝手になさい。』と、突っ放し、君栄はくるりと向う向きになった。ピカピカした丸帯の結び目には、小さな銀色の扇子がはすかいにさしてある。なおも、竹七はきたない口ごとを呟きながら、どぶ板の上を引き返して行き、ふと立ち止まって振返ると玄関先に女がたっていて、挙手の礼をして竹七の方をみている。軒燈の光を、照明のように浴びて、きらびやかに絵姿に似た君栄の立ち姿である。四五歩して、竹七が又振り返ると、同じ姿勢で君栄は立っていた。三度目には、軒燈に明るい玄関先に、ひと影が消えていた。

○

老実業家は、胃癌を患い、慶応病院で息をひきとった。老人生前の差金もあり、君栄は新橋の芸者屋『成清川』へ転籍したが、田舎芸者とあっては、おいそれと恰好な後援者も現れず、振り出しの泊り専門に返るしかないようであった。

その後も、不得要領なあい方を続けてきた大津監督は、日華事変となって、上海方面に出征し、君栄の身辺が一段と荒涼味を加えたところで彼女は、性のよくない眼病に罹り、長いこと稼業を休んで、なおってみると借金も嵩んでいて、この分では都落ちも是非ないものと諦めたりしていたが、折よく華族の次男坊で商事会社の副社長している者に拾われ、四谷へんの裏通りに囲われる身上となった。それが、半年一年する裡、君栄は茶の湯の師匠も兼ねるといった納り振り？　戦争の終り近くまで、さのみしびれも切らさず、羽目も外さず、妾の境涯に甘んじ、月に一度、金品持参して見舞う、小田原へ転任した義母の家で、既に十歳を超えている、てなし子の成長に、そくばくの思いを致すようであった。花丸とも、小田原や東京でよく行を共にしていた。上海戦線から帰ってきた大津監督の場合も、これとひと目を忍ぶようなあい方を、たまには続けたが、同監督の出征を再度見送る間もなく、華族の次男坊のところへも赤紙が見舞い、男が南方へ発ったのち、四谷の妾宅でまごまごしている鼻先へ、今度は君栄に徴用がきて、八月十四日近くまで、彼女は横須賀の工廠で、女工のようなまねごとしていた。

これは、終戦後二年目の春のことである。

某作家の告別式に出、御焼香してこよう、と竹七は、朝のうちから、住居としている海岸の小屋を出た。駅へきて、プラット・ホームへ上り、列車を待つうち、二間ばかり離れたところに立っている君栄に眼が止るのである。幾度も水をとおったような白足袋、おしろい気のない細面は、三十のなかばにいる女としても、色香の褪めた感じで、生活のまっただ中にほうり出されている者のようであった。上背のある体にも、心持ち脂肪がまわり大袈裟に云えば、夢から現実に突き落されたような勝手を、竹七は受取っていた。

元日の夜、待合で喧嘩してから、二人は忘れた時分に顔を合わせたりするふうであったが、一度の泥試合はその後気まずい尾をひくものの如く、彼等双方、東京住いするようになってのちは、ぱったり出逢うこともなくなり、今みる君栄は数年振りの女でもあった。なつかしさが先きにたち、あれこれのわだかまりなど、さっぱり忘れたような顔つきして、竹七は君栄の方へ近寄って行った。彼のあることを、先刻から承知していたげな君栄も、上体を曲げた大ぎょうなお辞儀の仕方をし、頰はやつれても、依然として涼しい、切れ長の黒眼がちな眼もとを、爽やかにそよがせたりした。

上り列車が停ると、君栄は大きな風呂敷包を下げ、竹七は彼女の小さなトランクを持った。窓から、飛び出す人もある位な満員振りで、どうにか車内に割りこみ、竹七はいそいそ二つの荷物を棚に載せたりしていた。

「済みません。」

列車が動き出した。酒匂川を過ぎると、まだ雪の深い富士が、段々車窓に大きくなって行った。吊り革に、ふたりぶら下りながら、

「あんたも、大分太ったようですね。」

嘗てない、竹七の他人行儀なもの謂いである。

「としですわ。」

「いくつになりました。」

「三十五。」

「ほう、まだ若いんだな。」

「川上さんは？」

「もう、五十ですよ。年寄りです。」

「嘘おっしゃい。まだ、四十――四、五でしょう。」

「まあ、そんなところ。あんたは、として太ったと云うけど、この頃酒に縁のない暮しをしているので、そうなのではないですか。」

「酒とは、まだ縁がきれていません。」

君栄は、薄く紅さした、ちんまりした口もとを寒々とさせた。ひと息して、

「わたし、この二月から築地の待合へ、住み込みの女中をしていますの。芸者が這入る家なので、新橋をよく知っているひとというので行ったのです。」

「ほう、そうですか。」

「××さんや、△△さん（共に知名作家）もよくおみえになりますわ。」

竹七も、終戦後は、筆の方だけで、どうにかこうにか、やって行けそうな工合になっていたが、もとより築地の待合などとは無縁の存在であった。

「女中奉公も大変でしょうね。」

「ええまあ。川上さんは奥さんをお貰いになって？」

「お見掛け通り、いまだに蛆のわく奴です。多分、やもめで終ることでしょう。」

「どうしてお貰いにならないの。」

痛いッと云いそうに、額も眼尻も皺っぽい顔を顰《しか》めて、

「あんたに惚れていたからだ。だからなんだ。——本当だ。」

と、竹七は、出し抜け奇声を発し、体までのけぞるようにするのである。もとより誇張だが、満更根も葉もないことでもなかりそうであった。

「まア。」

と、君栄も一寸顔負けと云ったテレ気味の、暫《しばら》く二の句がつげず、車輪の音がふたりのまわりに高まるようであった。

「もう、すぐ藤沢です。こんないい陽気に、お線香上げに行くなんか、ぴったりしないが。」

「すっかり春めいてしまいましたわね。」

砂地畑に、小松の並ぶ景色が続き、廃墟のような工場の残骸が現れたりしてきた。

「お名残り惜しいところですが。」

「又お目にかかりましょう。」

「左様なら。」

別れも愉しい、と云った面持ちで、復員者然とカーキ色の上着・ズボンに兵隊靴はいた竹七は、弾んだような足どりで、人ごみの中をわけて行った。

汽車の中で、君栄が教えた彼女の勤先は、百貨店の横から、まっすぐ東向いて歩いて、掘割りの橋を渡るとすぐで、部屋のもの数二三十はありそうな、堂々とした瓦屋根の待合であった。東京へ用事のみぎり、竹七は三度まで、その家の前を通りかかりながら、台所口の戸などあけたりするのが、どうしても憚られるようであった。

それから二年たった、元日のことである。一二の先輩・友人の宅へ年始旁々、東京へ行き、遊んでこようと、竹七は汽車に乗っていた。横浜を過ぎ、車内が大分空いたところで竹七は自分のかけている席から相当離れている反対の入口近くに、はからずも君栄をみかけ、かたずのむ思いであった。髪を洋髪に丸め、黒っぽい毛皮のコートを着て控える女の隣には、地の厚いオーバー、茶っぽい背広を着、がらの悪くないネクタイした、としの頃四十前後と覚しい、でっぷり太った紳士風がかけているのである。その二人は、肩をくっつけながら、話しこんだり、君栄が細頸ひねって、男の顔をのぞいては、声をたてて笑い興じたりして、遠目にも甚だ睦じそうな模様であるが、そんな手放しな男と女の光景を、眼のあたりにする竹七の方は元日らしくもない顔色にかわって行くようであったが、こわいものみたさといった様子で、彼等の動勢から寸秒たりとも眼をそらさない。その裡、男はこくりと居眠り始めた。君栄は、つまらなそうにしていたが、自分でも眼を閉じ、居眠りのまねをする。が、それも長く続かず、肩先で男をこづくようにして、二人は又話し出すが、男はすぐ居眠りになる。仕方なく君栄もそれに調子を合わせるうち、彼女も本式にうとうとしてしまったようである。大晦日の夜から、元旦にかけてのふたりの行状が、ありあり目の前に立ちはだかってき、竹七は無念ともやる瀬ないとも、何んともかとも名のつけようない不景気面相を余儀なくされるばかりであった。

品川で、紳士風が一人降りた。幾度か、ためらいがちな脚を、無理にも勇気づけ、詰襟のラシャの上衣、尻のところが尖っているズボン、兵隊靴穿いた彼は、己がみなりにひけ目を覚えながら、おずおず君栄の方へ近づいて行った。不意に、眼前へ立ち塞った彼を認めても、君栄はさのみ慌てるふうもなかった。

「暫く。」

「お目出度うございます。」

「奇遇だね。」

どこか、いがらっぽい竹七の調子で、彼は女と差向いのところへかけた。

「どちらの帰り。」

「横浜へ用事があってその帰り。」

君栄は、すましたものであった。毛皮のコートの裾から、銀糸をまぜた高価な着物がのぞけ、華奢な指にも、ダイヤとまがう指輪をはめていたが、竹七の気のせいか、前々はすきとおるまでに澄んでいた女の美しい黒眼がやや曇り加減の、白茶けた白眼の隅には眼やにでもたまっていそうであった。

「やはり新橋にいるの。」

「ええ。いることはいるんだけど、わたしこの頃忙しくって。」

大きな待合から、又『成清川』へ舞い戻ったとは、先頃女の口から竹七も一度きいていた。

「忙しけりゃあ結構だね。──今でも、大津ちゃんにあってるの。」

「ええ。わたし忙しくってあんまり。──川上さんみたいに、あのひともいまだに独身でいるのが心配で、そのうち、いいッ女をみつけて世話しようと思っているの。」

「フン。いい女をね。」

「男が一生ひとりじゃ、はたでみていてハラハラするわ。」

「首でもくくって、しめくくりをつけられれば上分別だがね。」

「本当よ。」

自分のことは棚に、現在でも、依然として映画界の第一人者でいる大津監督に、適当な配偶者をとりもとうとする、君栄の心を読みかねたりしている裡、列車は東京駅に近づいていた。

「わたし、今夜、京都へ発つの。切符のことで、駅前のビルへ寄って行くの。」

「なるほど忙しいんだね。」

ふたりは、並んで、プラット・ホームに降った。身を斬るような北風に、君栄はとがったあごを、コートへ沈めるようにした。

「京都へ行く時、あの伊吹山の近くを通ると、いつも雪が降っていて――。」

「あのへんは雪の多いところだそうだね。」

「そんなに、北へ寄っているわけでもないのにね。」

君栄は、伊吹山の麓で生れ、もの心つかない時分、横浜の遠縁に当る者の許へ手渡されたしかじかなど、嘗ての日竹七へ洩したことがあり、伊吹山の雪は、彼女にとり他国のそれではないわけでもあった。さわりめいた話で、つい啄木の朗詠など、よくせがまれた昔を思い出し、今しがたまでのこだわりを忘れて竹七は妙なしめっぽい気分になりながら、君栄と並んでプラット・ホームを行き、地下道へ降り、女は宮城前の方へ、竹七は八重洲口へと、ふたりは言葉少な別れ方した。

それから間もなく、彼女が新橋を止め、築地・本願寺近くで、料理屋・兼待合を出したと云う消息を、竹七は確かな筋から耳に入れていた。一度その家をみてこよう、と心がけてから、一昨年の秋口のこと、上京のついで竹七は本願寺近くを歩いてみた。そんな商売屋としては、小さな二階家のたて込む一劃の、中程に『杉君栄』と女の本名をうたった、風変りな表札とも看板とも踏みかねるようなものをとりつけた、しゃれた檜造りの門をみつけた。ここでも、彼はその門をくぐりかね、重い兵隊靴ひきずりながら、三四度家の前を往復し、はじかれた小石のように、そのへんから遠ざかって行った。

×　×　×

いったん、ひょろひょろの柳など並ぶ新道路へあとずさり始めた竹七は、五六歩のところで廻れ右し、引返すと、その距離十メートルほどの間を置き、君栄とぱったり顔があった。喪服を着、だらり下げた両手の先を、黒い帯のところで合せる君栄は、四十の坂にかかった女らしい落ちついた風情で、愁いのこもる眼頭を、竹七のとしにしては濃い頭髪へ向けたりしたあと、しとやかな頭の下げ方した。彼もこれにこたえ、それなりで二人は行き過ぎていた。竹七が振り返ると、君栄は花丸以下会葬者の乗り合わせる銀色のバスへは行かず、船板塀巡らした大きな待合の隣の彼女が肩あげとれてから十年近くいたことのある『福泉』の方角へ赴くようであった。

松の枝をのばす、門前の霊柩車は、まだ動き出すけはいもなかった。

（「小説新潮」昭和二十七年十月）

「振り返る男」と「振り返らない男」

解説　齋藤秀昭

映画監督・小津安二郎と小田原芸者との秘められた関係については、周辺にいた人々の証言や小津研究者の探求によって明らかにされつつあるが（現時点でその最も詳細なものは、照井康夫「小津安二郎外伝――四人の女と幻想の家」〈「文学界」二〇一三年八月〉だろう）、当事者からの言及が皆無に近いこともあって、未だベールに閉ざされているといった感が拭えない。そうした中、第一級の資料と位置付けられているのが、川崎長太郎の「小津もの」と言われる作品群で、それらは、長太郎と小津監督がまさに一人の女性を巡って対峙するという偶然から生み出されていったものである。その数、「小津もの」に接続する諸作品も含め、二十篇に近い。小田原芸者・君栄をヒロインとするそれらの物語は、まず一九三〇年代にリアルタイムで書かれ、戦後には総集編的な語り直しが行われた（「恋の果」「捨猫」「宮小路の芸者」）。そして晩年の八十歳近くになっても長太郎は、同じ題材を作品化し続けた（君栄の視点から描かれた「淡雪」三部作）。その追究力たるや驚くべきもので、同じエピソードを、視点や角度、背景等を微妙に変えながら繰り返し描いて止むところを知らない。長太郎の私小説がそもそもそういう類いのものではないかと言われれば、お説ご尤もと言う他ないのだが、「君栄」として形象化された女性への執着（愛）は、長太郎文学（例えば「抹香町もの」）に登場する他の女性たちと比べても、抒情的な純度や反復性においてまさに突出しているのである。

本書には戦前戦中に書かれた「小津もの」（とその前段に当たる作品）の全てと、君栄との最後の遭遇に当たると推測される場面を含んだ戦後の一作が収められている（これらの中には小津研究者も未だ注目していない作品がある）。川崎長太郎をモデルとする男（作中では主人公兼語り手の「私」、Kさん、文吉、由造、一木、S・Tさん、川上竹七。以下、まとめて〈長太郎〉と記す）が、初め高嶺の花のような小田原芸者・千丸に惹かれ、その一方的な恋が破れる過程で、徐々に、同じような憂き目に遭っていた君栄との絆を深めていく。しかしその君栄には、小津安二郎をモデルとする男（作中では某映画監督、映画脚本家のHさん、映画監督の大津高二郎、映画監督の大野。以下、まとめて〈小津〉と記す）が愛人として現れ、ここに所謂三角関係（旦那の存在を含めると四角関係）を背景とした恋愛小説の磁場が発生することとなった。私小説は、短篇連作の形で結果的に中篇または長篇小説を志向しているのだとよく言われるが、「小津もの」を中心とした諸作品も、君栄をヒロインとした一篇の中篇小説として読むことが可能だろう（拙文もその立場に立つ）。散見される場面の重複もそれ自体、事実としては同じ出来事でありながら、川崎長太郎は「反復不可能なこと」を描いていると大江健三郎が鋭く指摘した通り（古井由吉との対談「百年の短編小説を読む」〈『新潮』臨増　新潮名作選　百年の文学』一九九六年七月〉）、一回的な情景のリアル・輝きが、その都度新鮮に立ち上がって来るような、グラデーション的描写世界の趣を呈しているのだ。

さて、「小津もの」の舞台となった場所や作中人物のモデルについても少し触れておく必要があろう。小田原の宮小路（行政上の地名ではなく地域的な通称。松原神社の膝下にある小路を中心とする）は江戸期から続く繁華街・花柳街である。現在でこそ寂れてしまったが（一九四五年八月十五日未明にはB29の空襲によって大半が灰燼に帰してもいる）、小説に描かれている一九三〇年代は鰤の大漁や東海道本線の小田原駅開業に後押しされ、待合や芸者屋、映画館、劇場、呉服屋、小間物屋、カフェ、飲食店等が所狭しと軒を並べ、日夜人通りが絶えない場所であったという（内田四方蔵「宮小路の歴史」〈『おだわら　歴史と文化』一九九七年三月〉や私が取材した当時を知る方々の証言による）。

その宮小路の芸妓数は、百〜二百人台を推移した模様で、人々は小津安二郎が贔屓にした「清風楼」（今も健在）、「春日」、「桝金」といった一流の料亭や、それに続く「弥生」、「花菱」といった店に芸妓を呼んで遊興したのである。〈長太郎〉が最初に夢中になった芸者・千丸（または文丸、千両）は、芸者屋・吉田屋の女将にもなった「千丸」（源氏名）がモデルと思われ、彼女は「芸道の豪華版小田原八十芸妓登場の新民謡披露大演芸」でも拍手喝采の「目立つ」踊りを披露している（小田原の地方紙「東海新報」一九三三年六月二十四日）。次にヒロインの君栄（または君弥）だが、彼女のモデルは小田原芸者の森栄で、彼女の源氏名は小津研究の第一人者・田中眞澄が指摘した通り（『小津安二郎周游』〈岩波現代文庫〉）、「君代」で間違いない。君代は芸者屋・福本から出ていた芸者で、初恋と失恋とで大トラになったというゴシップ記事（「三味の音色　初恋カクテルと君代の大トラ　カフエ街の進出」、「東海新報」一九三三年六月八日）が出るほどの人気芸者であった。よって、ヒロインの源氏名「君栄」は、本名の「栄」と彼女の源氏名である「君代」とを合成して長太郎が創作したものと言えよう。

森栄と小津安二郎との関係については前出の照井文や『小津安二郎・人と仕事』（蛮友社）、『全日記　小津安二郎』（フィルムアート社）に詳しいので贅言は慎まねばならないのだが、一九三五年二月頃から宮小路・清風楼の座敷で二人は逢瀬を重ね、小津監督は「明そめし鐘かぞへつ、二人かな」といった艶っぽい句を多く日記に書き残した。一九三七年九月の応召と敗戦後の帰還を経た後も、小津監督は森栄が経営する割烹旅館に度々通い、そして一九五二年五月に引っ越した北鎌倉の終の栖の登記すら森に任せている。照井文によれば、癌で闘病中だった小津の最後の見舞客も森であったらしい。いずれにしても、出会ってからその最期まで小津安二郎を陰で支え、その人生と伴走したのが、森栄という女性であったのだ。また、長太郎の描く君栄は主に「不見転《みずてん》芸者」時代の彼女をモデルとしているが、小田原に定住するようになった長太郎とすれ違いに上京することとなった森は、その後日本舞踊や長唄、篠笛の名手として芸道を極める人生を歩んだ。日常の機微を綴った私家版のエッセイ集も、確認できた範囲内で三冊刊行しており、文学的な素養を豊かに備えた女性でもあった。

ところで、本書にまとめられた「小津もの」の魅力とは、一体どこにあるのだろうか。戦前戦中における小田原の花柳界が写実的に再現されているため、私たちは花街小説に特徴的な風俗描写を堪能することが出来るのだが、それは長太郎文学に限ったことではないから副次的なことに過ぎまい。その真の魅力の第一は、一流の芸術家（映画人）・小津安二郎と「三文文士」たる川崎長太郎との間の女性を巡る闘争（緊張関係）が、間接的ながらも活き活きとした人物形象の下に描き出され、なおかつ、前者が後者によって本質的に批判されるという構造を兼ね備えたところにある。つまり「小津もの」は、小津安二郎に対する川崎長太郎からの挑戦状なのだ。

長太郎には君栄をヒロインとした連作の「挽歌に相当する」エッセイ、「恋敵小津安二郎」（「文藝春秋　秋の増刊　秋燈読本」一九五〇年十月）なる一文がある。私情を挟まずに

川崎長太郎　1936年5月　本郷東大前

恋敵を客観化することの困難さについて述べていたり、「宮町通り」に出てくる挿話がより具体的に語られていたりしておもしろいのだが、その要は長太郎と小津監督とのたった一度の対面について触れた次の箇所だろう（一九四八年十一月四日、箱根湯本・清光園の大風呂での出来事。長太郎四十六歳、小津四十四歳。長太郎はエッセイで四九年春と書いているが、記憶違いかと推測される）。

名乗りあつたわけでないが、先方も、私であることを感知されたらしい。二人の顔には、期せずして、かすかなテレたやうな微笑のやうなものが浮び、すぐ消えてしまつてあとは、アカの他人同志といつた恰好で、一間ばかり離れたところで、湯につかつたり、手足を洗つたりしてゐた。小津氏は、私よりひと足先きに、上つて行つた。ちらちら、うかがつたところでは、写真だと、眼尻がひどく下つてゐる方で好ましくないのだが、ヂカにみると、黒眼がみづみづしく、やさしい匂ひもしてゐた。まがふかたない、芸術家の眼であつた。

十年以上前に一人の女性を巡って争った記憶と戦友的親愛感が、瞬間的に「かすかなテレたやうな微笑」を生み、その闘いが未だ完全に終結していないことが、二人を「アカの他人同志といつた恰好」に引き戻してしまったのか。その辺りは判然としないが、意外にも長太郎と小津安二郎は、戦前戦中において一度も顔を合わすことがなかったのである。よって君栄を巡る恋愛闘争は、男同士が女の言葉や待合での噂（間接情報）を通して互いを認識し合うという一種の心理戦であったと言えよう。そこに、相手の心境を様々に想像させる「小津もの」の奥ゆかしいドラマ性が胚胎していると言えるかもしれない。また、小津監督は当時から新聞の映画欄を華々しく飾るスター的な存在であり、かたや長太郎は、宇野浩二が言う如く「いつとなく、彼より後から出た、ジヤアナリズムの潮に乗る才能の方がすぐれてゐる作家たちに、舞台を取られたやうな形」（「三人の若き友達」、「都新聞」一九三六年一月六日）となった一不遇作家に過ぎなかったから、川崎長太郎の闘いは、甚だしい社会的格差を打ち破ろうとするような「男冥利に尽きる」ものでもあったろう。それを裏書きするかのように、先のエッセイの末尾には、

扨《さて》、私は、小津氏を負かすやうな、大名を博して、氏ののろけや、何かを耳にタコの出来るほどきかした女の、鼻をあかしてやらう、などと考へるやうな茶気や気概なんか、露さらないとは云へなさうであつた。

と、やや晦渋な表現でもって闘争心が暗示されてもいる。「裸木」における〈小津〉の描写に注目すると、「茶っぽい合着に、ラクダのセーターをチョッキ代りにして、ニッカー

にキッドの短靴といういでたち」の、「笑うとよけい下る眼尻」をした男であることが強調され、彼はモテる男さながら、嬉々として酔い潰れた芸妓を背負って芸者屋に送り届けたりもしている。つまりメディアによって形作られた〝芸術家然とした映画監督〟という虚像から小津的人物は引きずり下ろされることとなり、一流品を常に身につけ、女にモテることを誇示し、スマートに遊ぶことを旨とするような〝独身貴族的色男〟としての実像が浮かび上がって来るのである。ここに、挑戦者・長太郎のバイアスが全くかかっていないとは言えないが、自他共にその虚飾を剝ぎ取って〈裸木〉としての人間を造型することに専心した自然主義的私小説家の真骨頂が垣間見られもするのである。〈小津〉のスマートさは、必然的に、妻の地位を求めた女性・君栄への不得要領な態度を持続させることとなる。このあしらいに異を唱え、〈長太郎〉は敢然と、しかし野暮ったく地味に対抗していく。そして長太郎は小津安二郎に読まれることを見越して「小津もの」を創作していく。その原動力となったのはやはり、小津監督に対する長太郎の熱いジェラシーと、君栄を弄ぶかのように見える振る舞いへの憤りであっただろう。では、小柄な男〈長太郎〉は「予備砲兵伍長五尺四寸という大丈夫」といかに闘ったのだろうか。

花街で五円（現在の一万五千円程度か）、多くても十円を出ないしけた遊びしか出来ない貧しい〈長太郎〉には、当然社会的地位も名誉も経済力もない。かろうじてパッとしない「小説家」の肩書きがあるだけだ。そのような男が、花柳界から抜け出したいと思っている君栄の「白馬の王子」と一戦交えるに当たって、武器にし得るものは何一つない。しかも私小説家として現在進行形的に君栄との関係を作品化し、彼女の顰蹙も買っているぐらいだから、逆に自ら首をしめているとも言える情況だ。しかしその徒手空拳的な挑みにおいて、〈長太郎〉の〈純情〉が底光りすることになる。映画監督が現れる五年近く前から花柳界に咲く「白い小さな花」・君栄に目を止め、数年後に再会。その後、〈長太郎〉は君栄の「美しい眼」と花のような歯並び、「絵から抜け出たよう」な姿態、才気が弾けるような言葉、稼業の水に染まり切らない純朴さ等に魅了されつつ、「人間的な関係を願いたい」という先方からの申し出にも従って、花街ではまさに奇跡的な精神的交流を持続するのである。

このような〈純情〉は決して十代二十代の盲目的なそれではない。君栄をはじめ花柳界で生きる女性たちの孤児的な生涯の履歴と借金に縛られた不自由な生存、そして稼業が強いる肉体の酷使がもたらす精神的肉体的頽廃、それら全てを厳しく見据えた上で、それでも湧き出る心の清水のようなものだ。

「兎に角、芸者は二十過ぎれば年増だ。一日も早く家庭を持つことに努力するんだね。早くいいママになるんだね」

と、私の方がせきこんで、そう云いながら、おしろいやけした哀しい四十面を、はげるように塗りたてて、昔変らぬ名調子をきかせるこの町の老妓幾人かを思いだした。彼女達の中には旦那も子もないのがいた。

「ありがとう」

「いや、余計なおせっかいだったが悪くとるな。俺の遺言だよ」

自分を棚に上げているようなわけだった。君栄に要求する所は、常に私が肉親から親身な友人から耳にたこができる程きかされている話に違いなかった。（「玩具」）

この物的社会的保証の何ら伴わない、そしてやや滑稽で一途な〈純情〉こそが〈長太郎〉の隠された武器であったわけだが、その誠実な思いは確実に君栄の心へ届いていたと言えよう。貧困という重くて厚い壁が二人の現実的な結びつきをどうしても遮ってしまうのだが、人気芸者の待合外への連れ出しやプライベート空間（芸者屋の自室）への招きといった特権を享受できるのは〈長太郎〉ただ一人であって、彼が年末に贈る小さな金銀二色の祝儀扇は、松の内の間、君栄の背中（ちょうど帯のお太鼓の上辺り）にちょこんと、必ず差されているのである。

詰まるところ、たとえ場所が、金銭を媒介とした欲望の消費地・花街であっても、野暮ったく相手の実人生に寄り添い、そのことによって実意のこもった人間関係を築こうとしたのが、川崎長太郎という私小説家の闘い方、生きる姿勢なのである。従って長太郎の

「小津もの」は、「女を遊び相手として認めてもなかなか話し相手として扱う男ではな」かった側面を持つ小津安二郎（高橋治『絢爛たる影絵　小津安二郎』〈文春文庫〉にも、女性の証言によって同様な指摘あり）の芸術家的非情を厳しく衝くものとなる。〈小津〉は君栄に電話もしなければ芸者屋に足を運んだりもしない。そして君栄との別れ際であっても決して振り返ろうとはしない。しかし〈長太郎〉の方は対照的に、電話もかければ芸者屋にも押しかけ、そして君栄の方を未練たっぷりに何度でも振り返るのである。「振り返る男」の余計なおせっかい的野暮が、「振り返らない男」の形式的「粋」の不誠実さを際立たせ、真の男女の愛のかたちを今に問いかけて止まないのである。ちなみに、映画監督・井上和男によると、小津安二郎は長太郎の「裸木」を「三文小説と笑い飛ばした」そうである（井上和男「小田原宮小路　夕ごころ」〈前掲『おだわら　歴史と文化』〉）。その真意を質すべく、戦前から長太郎の知り合いでもあった井上に面会を願い出たのだが、「何時までも死なない訳、その内判ります。」という謎の言葉が記された賀状が一枚舞い込んだだけで、その一年半後、井上は鬼籍に入ってしまわれた。

さて、「小津もの」の魅力の第二は、ヒロインの君栄に拮抗するかのように、芸道に徹して生きる千丸の引き締まった存在感が、実に水際立っているということだ。「通り雨」や「裸木」に書かれてある通り、君栄に旦那が出来たことを察知した〈小津〉（この〈小津〉の察知に〈長太郎〉の私小説が絡んでいそうなところが、両者の関係性としておもしろい）

は、小田原に来ても君栄を無視し、わざと千丸を座敷に呼び続ける。これは明らかに、出し抜かれたとでも思った〈小津〉の君栄に対する面当て的嫌がらせなのだが、しかしここで注目すべきは、この場面において出しに使われた千丸という芸者もまた、〈小津〉が贔屓にするだけあって、実は風情のあるエッジの効いた登場人物であるということだ。それは、〈小津〉が小田原に現れる以前を扱った作品「うつつ」や「泡」に顕著であり、完全に千丸の虜になってしまった〈長太郎〉の煩悶や愚行に逆照射されて、なお一層輝きを増すこととなる（田宮虎彦は、「国宝的な文章」と「美しい愛情」によって「虚無的澄心」が描かれたと、「泡」を激賞した。「人民文庫」一九三六年七月）。特に、〈長太郎〉が大声で唄う民謡の数々（全て川崎長太郎の十八番である）に、額縁から抜け出て来たような「絵姿」の千丸が、粘りのあるバチで三味線を合わせたり、「かそけき艶」のある声で共に唄ったりする場面は秀逸だ。千丸に惚れている当事者の〈長太郎〉のみならず、私たち読者もまた、いっとき夢心地にさせられてしまう。なぜなら、そこには、孤独な境遇と酷薄な現実の波間に漂う放浪者的生存の、強くも悲しい命の調べが奏でられているからだ。新内節「明烏夢泡雪」のヒロイン・浦里を幻視するのは、何も〈長太郎〉ただ一人ではない。

最後に第三の魅力について。これは、悲惨な境遇の中でも凜とした生き方を貫いたヒロイン・君栄の人間的光芒が、永遠の相において把捉された結果、自ずと詩的な散文世界の味わいを醸し出すことになった、ということである。「裸木」に多少描かれはするものの、「小津もの」全体からは花柳街の外の時代情況（日中戦争突入前夜）は意図的に捨象されていると言っていい。それは、時代を超えて呻吟する孤独な魂の邂逅を描き出すための作者の方法であっただろう。千丸同様君栄も、実の両親に捨てられた孤児としての儚さを抱え込んだ存在である。また〈長太郎〉も、三十代半ばに至ってなおパラサイトを続ける、「何のために生れて来たのやら、自分でも返答に困りそうな存在に過ぎない」。しかしこの両者が鈴虫の鳴き出す初秋、小田原・御幸の浜近辺を歩く場面は、読者に忘れがたい印象を残す（「手」）。天の川をほのかに眺めることが出来る「降るような星」空の下、デスペレートな心境に傾く君栄を、自分に負けないようにと〈長太郎〉が励ましている。それはあたかも自分を励ますかのようでもある。〈小津〉の存在が気になる〈長太郎〉は、砂浜に横になった君栄の腕を取り、何かを「しでかそうとする」も、素早く察知して立ち上がった「自分のそれより二倍もあろうかと思われる」女の姿にすっかり圧倒されてしまう。二人はそれでも一緒に歩を進め、お互いの影法師を見つめながら、「もう十二三年生きていましょうよ」と頷き合う。「トタン囲いの物置小舎」を遠望した後、人影のない路地に入る。四、五匹の犬が向こうから並んで来る中、〈長太郎〉は蠟細工のような君栄の小さな手を握り、電車通りに出るまで決して離そうとしない——。

ここには、人間存在の孤独が永遠の時空に投げ出されて点描されるという詩的な象徴世界が広がっていると言えないだろうか。

ところで私には、些末なことと承知しつつも、やはり気になることがあった。久しぶりに銀座で会った〈長太郎〉に対し君栄が、小田原に現れないのは喫茶店の少女に現《うつつ》を抜かして「鯛焼ばかりくっているからよ」と嫌みを言うわけだが（「通り雨」）、君栄が読んだという新聞のゴシップ記事は本当に存在するのだろうか。〈長太郎〉の虚無的滑稽さ・うら悲しさが伝わって来るおもしろい演出だと感心しつつも、長太郎の私小説ならそれを裏打ちする事実もまた存在するかもしれないと思い、探索した結果、果たしてそれは見事に存在した。

鯛ヤキ先生

◆新人とは云へ、文壇生活十年を越える川崎長太郎、止むなく飄々たる独身生活の気楽さを続けてゐる、処で先生、近頃何《ど》うした発心からか、夜な夜な本郷の喫茶店に現れ、十銭白銅を女給に渡して「これで鯛ヤキを買つてこい」と店をカンバンにして薄暗いボックスの陰でムシヤ〱女給達と喰ひ合つてゐる、で近頃川崎が現れると、「やあ鯛ヤキのオジサン〱」で大人気だが、さういへば何処か彼の小説にも、さういふ侘しい、ホロ苦い風格がないと云へまい

（「都新聞」一九三六年十二月二日）

〈長太郎〉との触れ合いをどこか心待ちにしていた君栄の、苦笑しつつもぷりぷりしている様が、私たちの眼前に浮かんで来るようである。

年譜

川崎長太郎

一九〇一年（明治三四年）

一一月二六日（戸籍上は一二月五日）早朝、神奈川県足柄下郡小田原町万年三丁目四七〇番地（現・小田原市浜町三―三―三）に、父・川崎太三郎、母・ユキの長男として誕生。川崎家は代々、主として箱根温泉旅館相手の魚商。家族は他に祖父・竹次郎、祖母・ツヤがあった。幼少時は祖父母の溺愛の内に育つ。

一九〇八年（明治四一年）　七歳

四月、第一尋常高等小田原小学校（現・市立三の丸小学校）に入学。

一九一二年（明治四五・大正元年）　一一歳

九月、弟・正次が生まれる。この年、学習意欲が出て成績も向上。算術、綴方、地理が得意科目となる。

一九一四年（大正三年）　一三歳

三月、尋常科を卒業。卒業時はクラスで二番目の好成績。四月、高等科へ進学。

一九一六年（大正五年）　一五歳

三月、高等科を卒業。四月、父の旧友の勧めで渡鮮。土木技師になるつもりで龍山の漢江架橋工事場の雑役係となるが、ひと月半ほどで脚気になる。辛うじて小田原に帰り着く。

一九一七年（大正六年）　一六歳

正月、中学に入るため新聞配達を始める。四月、神奈川県立小田原中学校（現・県立小田原高校）に入学。小田原に一〇〇軒以上あった魚商の中でも、息子を中学に進学させた家は一、二軒しかなかった。やがて痔を患い、新聞配達を辞める。七月、校友会誌「相洋」に「英雄の教訓」（初の活字化か。翌年三月にも「新年所感」）。一学期末には級中で一番の成績を収める。二学期になって四年生の池田真人と知り合い、文学の世界に魅了される。池田らと回覧雑誌「白楊」を作り、小説「漢江畔のある工場」を書く。これ以後、文士となる希望を抱く。

一九一八年（大正七年）一七歳

二月初旬、足柄下郡立図書館の蔵書、早稲田文学社編『文芸百科全書』（隆文館刊）を毀損させたことが原因で、中学を放校処分となる。生まれて初めて食事が喉を通らない思いをする。その後、横浜市内の金物店に丁稚奉公として入るが、再び脚気となり、小田原へ帰る。秋、健康を回復したので、家業の魚商を継ぐべく、毎日箱根の山坂を登り降りする。徐々に仕事に慣れ、一人前の荷（一六、七貫）を担いだり、父に代わり、魚市場でセリ売りに立ち会ったりもする。この魚商時代に磯節・木曾節等の民謡を覚え、終生愛唱。この頃、煙草を覚える。

一九二〇年（大正九年）一九歳

春頃、売上代金二〇〇円を懐中し、上京。ガソリンスタンドに勤めたが、すぐさま連れ戻され、再び魚商の仕事に戻る。二年先輩の瀬戸一弥と知り合い、中学時代の友人らと回覧雑誌「土の叫び」を始める（五号ぐらい続く）。瀬戸の紹介で石橋村小学校教員だった民衆詩人の福田正夫を知り、民主的な思想の洗礼を受けると共に、短歌の朗詠を直伝で教わる（特に啄木と牧水の短歌を好んだ）。その後、再び二〇〇円ばかりの売上金を懐中し、神戸に賀川豊彦を訪ねる。二、三日滞在してから東京へ引き返し、本郷の下宿でしばらく燻る。その間、加藤一夫や千家元麿を訪ねたり、牧夫の傍ら文学をやろうと郊外の牧場を覗いたりした。結局小田原に舞い戻り、再び家業に従う。九月、福田正夫主宰「民衆」復活号に「嘆きの歌」ほか詩四篇。自作が一般誌に初めて活字化され、大きな喜びを感ずる。この号から同人に加わる。

一九二一年（大正一〇年）二〇歳

一月、「民衆」終刊号に「小犬」。四月、詩二〇篇余り収めた『民情』刊（五〇部）。この頃、小田原中学四年在籍中の北原武夫と知り合い、詩誌「夕暮」を二人で出すが、一号で終わる。折からアナーキストの闘士で文芸家の加藤一夫が来原、門前に私服の見張り小屋もある同氏宅を訪問。アナキズムの影響を受け、クロポトキンを読み、ビラ貼り等を行う。その結果、留置場へ一晩たたき込まれるような目に遭い、小田原警察署の指金で、得意先の温泉旅館・奈良屋から出入り差し止めを喰らう。

一九二二年（大正一一年）二一歳

四月、加藤一夫・佐野袈裟美らが同人の社会主義文芸雑誌「シムーン」創刊、「智識ブルジョアの福士氏に与ふ」を執筆。小牧近江が「東京新聞」学芸欄で取り挙げる。八月、「東京朝日新聞」（12日）に新居格の斡旋で「ダダイズムと階級芸術」（翌日まで）。初めて一〇円の原稿料を得る。秋に入る頃、東京へ引き揚げる加藤一夫に従って小田原を離れ、加藤宅の玄関へ机を据える。これが、一九三八年の帰原まで断続的に続いた東京生活の始めとなる。一一月、「新潮」に「芸術革命の心理」。一二月、「新興文学」に「プロレタリアートと宗教文学」。この年、徴兵検査を受けて第二乙種合格。

一九二三年（大正一二年）二二歳

一月、加藤一夫宅を出、近くの静修館に移るが、生まれて初めて生活苦に直面し、テロリストたらんと仲間に息巻く。萩原恭次郎・岡本潤・壺井繁治と共に「赤と黒」を創刊し（全五輯。誌名は長太郎の発案）、「人間＝社会に失恋した男の言葉」他、第四輯まで毎号執筆。雑誌の発行に当たっては、有島武郎から経済的支援を得る。三月、「新興文学」に「民衆芸術の功過」。四月、「新潮」に「階級芸術抹殺論」。五月、岡本潤らと「赤と黒講演会」等に出演。「新興文学」に「葛西善蔵氏の芸術を否定す」。六月末、静修館を追われ、身一つで小田原に舞い戻る。七月、「新興文学」に「デカダニズムの文芸思潮批判」。九月一日、関東大震災。実家は倒壊し丸焼けとなる。長太郎は家屋の下敷きになって失神していたが、自分を呼ぶ母の金切り声に正気づき、かろうじて屋根の下から這い出る。数日後、無蓋車に乗り込み上京。下戸塚の知人の許へ一時身を寄せ、その後、戸塚の素人下宿の三畳間に身を置く。日本電報通信社の川合仁、「文章倶楽部」の加藤武雄、「時事新報」学芸部長の佐佐木茂索らから講演筆記、文士訪問記等の仕事をもらうと同時に、少年少女向きの読み物を矢継ぎ早に執筆。「赤と黒」の仲間からは遠ざかるようになり、左翼活動に不適当な人間と自覚。専ら売文に専念。一〇月、「太陽」に「滅びた小田原より」。

一九二四年（大正一三年）　二三歳

二月、「新潮」に「ブルヂョア文芸への要求」。三月、『文芸年鑑』の「文士録」に「数種の評論あり」として登録される。この頃、売文の傍ら私小説を書き、気に入った一篇「故郷」を、文士訪問の際近づきを得た徳田秋声の許へ持参。また談話筆記の用件で菊富士ホテルを訪れ、初めて宇野浩二と会う。四月、「文章倶楽部」に「魚屋から文筆生活へ」。この頃、早稲田大学裏にある法栄館の六畳に移る。一二月末頃、「無題」の原稿を徳田秋声の許に持参し、朗読。菊池寛に紹介され、即「新小説」への掲載が決まる。
一九二五年（大正一四年）二四歳
二月、「新小説」に「無題」。これが文壇デビュー作となり（原稿料三〇円）、宇野浩二から称賛されるなど、好評を得た。これを機に、下宿代が間に合う電通の仕事だけ残し、小説に精力を傾ける。なお、「無題」の稿料の安さに納得できず、菊池寛の許に交渉に出掛けたが、初めての作品だからと押し切られる。これ以後、菊池と会うことは二度となかった。この頃、宇野の紹介で牧野信一や終生の友・田畑修一郎を知る。六月、「新潮」に「酔ひ」。宇野浩二から今度は逆に落第点を付けられる。「中央新聞」（17日）に「故郷」（28日まで）。一一月、「不同調」に「巷」。
一九二六年（大正一五・昭和元年）二五歳
一月、「新潮」に「秋の蜃気楼」。二月、徳田秋声宅で「二日会」第一回会合が開かれ、幹事を務める（4日）。以後、常連となる。「新潮」に「ビルディングに行く路」。「文章倶楽部」に「牢獄牧歌」（のち「蟹」と改題）。この頃、新進作家としての喜びは大きく、電通の仕事も友人に譲るなど、私小説一筋と決心する。四月、「不同調」に「霜夜」。五月、「秋田魁新報」（6日）に「『姫の水』の記」（8日まで）。一二月、「不同調」に戯曲「男・女・五月」。この年、古書店で尾崎一雄と、早稲田大学近くの喫茶店「ドメニカ」で浅見淵や丹羽文雄、火野葦平らと知り合う。
一九二七年（昭和二年）二六歳
一月、「随筆」に「初売り」。七月、「新潮」に「兄の立場」。一〇月、「文章倶楽部」に「朝酒」。一一月、「女性」に「桃色のスリッパ」。一二月、「新潮」に「これからの女」。
一九二八年（昭和三年）二七歳
一月、下宿代滞納のため法栄館から二度の食事を停止され、外食を余儀なくされる。「宇宙」に「小さなカフェーにて」(翌月まで)。三月、「不同調」に「漁師街の魚屋」。佐佐木茂索、加藤武雄らに称賛される。七月二三日に葛西善蔵が死去。二六日に谷中・天王寺で行われた告別式に参列。冬に入る頃、執筆難に喘ぎ、食事を止められていた法栄館からも追われ、近くの星雲館に一時移る。

一九二九年(昭和四年)　二八歳

三月、一七名の同人と「同伴者」を創刊。本誌はプロレタリア運動の同伴者たることを宣言したもの。この頃、星雲館でも食事が止められてしまい、徳田秋声宅へ転がり込むが、山田順子事件の後でほとんど失業状態だった秋声の許にも半月とはおられず、小田原へ帰っていく。四月上旬、「路草」のモデルとなる女性、S子と関係が生じ、親に無断で名古屋へ出奔。S子は女給として名古屋を代表するカフェー「朝陽軒」で働き、長太郎は素人家に間借りして夜毎S子の帰りを待つ。六月頃、東京へ引き返し、神楽坂裏・勝海館の四畳半にS子と住む。最初の月の下宿代を滞らせるやいなや、二度の食事を一人分しか提供されなくなり、二人で分け合って食べる。次第に文学からは遠ざかる。七月、「文芸春秋」に「駈落ち地獄」。この頃、勝海館でのふた月目の晦日が越せず、S子は下町・本所の実家へ行き、自分は密かに下宿から姿を晦まして小田原に帰る。九月、上旬に上京して再び勝海館に下宿。川合仁が創立した新聞文芸社(のち日本学芸新聞社)に社員第一号として就職(月給三〇円)。S子を高円寺辺のカフェーから連れ出して、牛込地蔵横丁の洋傘直し屋の二階四畳半一間に間借りし、そこで初めての貧乏所帯をもつ。

一九三〇年(昭和五年)　二九歳

一月、代々木・初台の二階家一間に移るが、当月一杯で新聞文芸社を解雇される。新宿に近い、S子の両親の住む借家近くの二階家一間を借り、そこを居所とする。S子が両親宅から日に二度、岡持に入れた二人分の食事を運んで来る。月末にS子へ置き手紙を残し、単身小田原へ帰る。貧乏所帯に耐えられなくなった結果であった。その後S子に東京へ呼び出されて心中も考えたが、決心がつかなかった。三月、S子とも別れ、単身小田原へ帰り、実家の物置小屋で寝起きする。初夏、小田原の待合で「裸木」その他に登場する「君栄」のモデル・森栄（源氏名＝君代）と初めて会う。秋頃、上京して、小石川指ヶ谷の旅館「ふくや」の玄関脇三畳に間借りする。博文館や講談社の挿絵入り小説を書いて辛くも飢えを免れる。この頃、ダンスホールに通い始めた徳田秋声とダンス見物に出掛けるうち、「埴輪の目」のモデルとなった年上の女性ダンサー、Y・Kと親しくなる。

一九三一年（昭和六年）三〇歳

二月、呼吸器を悪くした女性ダンサーを静養させるべく二人で小田原に赴き、小田原駅裏の下宿屋六畳一間で生活し始める。月末頃、二人で小田原を引き揚げ、上京。晩春の頃までつかず離れずの関係を続ける。夏頃、小田原に帰って、泳ぎで体を鍛える。八月、「ポケット講談」臨増「オール怪談」に「怪談愛憎地獄」。秋頃、再び上京し、湯島天神に近い本郷新花町の大工職の二階四畳半に間借りする。

一九三二年（昭和七年）三一歳

一月末、藤澤清造の行き倒れの死に衝撃を受ける。三月半ば、川合仁に新聞聯合社特別通信部の仕事を紹介され、講演要約の無署名原稿を毎月書く。六月、「雄鶏」に「花見」。八月、「雄鶏」が改題して新発足した「麒麟」に「ベンチ」。

一九三三年（昭和八年）三二歳

三月、「麒麟」に「売笑婦」。この作によってどうにか自分の調子を見出す。四月、「麒麟」に「一夜」。六月、「麒麟」に「飛沫」。夏、小田原に帰省。八月、「作家」に「穽」。秋、再び上京。以前と同じく場所は新花町だが、今度は彫物師の二階六畳へと移る。以後、いよいよ僅かになってしまった特信部の仕事をすると共に、創作にも骨を折る。九月、宇野浩二の「最近の仕事を祝う会」が上野・広小路「三橋亭」で開かれ、田畑修一郎・嘉村礒多らと出席。この席で宇野を囲む「日曜会」が発足。一一月、「文学界」に「隻脚」。この頃、実家からの電報で小田原に帰ると、前年来中風を患っていた母と父が枕を並べて病臥していた。弟・正次は入営中で家が無人のところから、親の求めに応じて東京を引き払う。一二月、父・太三郎が胃癌で逝去（享年五三歳）。弟・正次が家業を継ぐこととなるが、その弟が除隊して戻る翌年の夏まで家の留守居役を務める。待合通いを始める中で、森栄と再会し、思いを寄せるようになる。

一九三四年（昭和九年）　三三歳

一月、「経済往来」に「泥」。「文学界」に「路草」。二月、武田麟太郎の斡旋により小説集『路草』（初版八五〇部）を出版。「麒麟」同人や尾崎一雄、北原武夫、徳田一穂らが、レインボーグリルでささやかな出版記念会を開いてくれる（司会は田畑修一郎）。四月、「世紀」に「文芸座談会」（浅見らと）。五月一二日、徳田秋声に誘われて「秋声会」の熱海一泊旅行に参加。そこで野口冨士男と初めて会う。六月、「文芸通信」に「白い扉」。「蠟人形」に「君弥の話」。七月、小田原から上京。「世紀」に「挿話」。一一月、「早稲田文学」に「遺産」（のち「父の死」と改題）。この年の前後、田畑修一郎を介して中山義秀と初めて会う。

一九三五年（昭和一〇年）　三四歳

一月、「文学界」に「愛情の契機」。二月、「世紀」に「塵紙」。「るねっさんす」に「うつつ」。三月、「世紀」に「玩具」。四月、「世紀」に「故郷の消息」。五月、「蠟人形」に「写真」。六月、これまでと同じく場所は新花町だが、今度は靴屋の二階に移る。七月、「作品」に「喫茶店」。秋、本郷三丁目の下宿に移る。一〇月、「早稲田文学」に「余熱」。「木靴」創刊号に「朽葉」。一二月、「キネマ旬報」(1日)に「映画と写実主義―「街の入墨者」を中心に」。

一九三六年(昭和一一年) 三五歳

二月、「木靴」に「水蜜桃」。三月七日、「余熱」その他の作品により第二回芥川賞候補となるが、落選(受賞作なし)。一四日の夕刻、牧野信一が縊死自殺。二六日に小田原市寺町・清光寺で執り行われた牧野信一の葬儀に川端康成・小林秀雄らと参列。同月、「早稲田文学」に「鰯」。傑出した作品と文壇から評価される。春頃、本郷の下宿屋の六畳一間に移る。玉の井の路上で永井荷風を見かけ、声をかける。「文学生活」の第一回同人会で初めて上林暁と知り合う。四月、「文芸雑誌」に「鬘」。六月、「文学生活」に「藤澤清造氏のこと」。「文芸春秋」に「泡」。八月、「満洲日日新聞」夕刊(28日)に「朽花」を連載(10月8日まで35回)。

一九三七年(昭和一二年) 三六歳

一月、「文芸懇話会」に「手」。「文学生活」に「日やけ」。これは玉の井の娼婦をモデルにした作品。四月二四日、新宿・高野フルーツパーラー三階で開催された尾崎一雄『暢気眼鏡』出版記念会に出席(山崎剛平、浅見淵らと発起人に加わる)。五月、下旬に浅見淵、太宰治、井伏鱒二らと三宅島を旅行し、一週間滞在。短篇集『朽花』(初版五〇〇部)刊。「早稲田文学」に「人形」。六月、川端康成『雪国』(創元社)に帯文。一二月、徳田秋声宅に赴き、一年近くぶりに秋声と会う。この年、下谷区稲荷町の同潤会アパートに移り、年少の友人と一つ部屋に住む。この部屋が東京生活における最後の宿となった。

一九三八年（昭和一三年）三七歳

一月、「人民文庫」に「湯沢」。「信濃毎日新聞」（19日）に「幾山河」の署名で「豆評論歴史小説の流行」。これ以後、「幾山河」「天地人」の署名で同盟通信社配信の文芸時評的囲み記事を執筆し、月づき三、四〇円の収入を得る。四月、「早稲田文学」に「有閑家庭」。五月、永住の覚悟で小田原へ引き揚げ、屋根も周囲もトタンで出来た実家の物置小屋に住む。この物置小屋生活は、一九五八年まで二〇年間続くこととなる。平家建ての実家はカマボコ職人に貸してあり、弟・正次は中風病みの母と家族を連れて魚市場に近い二階屋に移転していた。食事は外食で済ますものの、洗面や便所には困る。帰原後は小田原市立図書館に日参し、改めて文学の有り難みを知る。また「だるま料理店」の常連となり、日に一度三〇銭のちらし丼を食べに行くようになる（この習慣は、結婚するまで二四年間続いた）。同月、「文学界」に「通り雨」。

一九三九年（昭和一四年）三八歳

三月、「文学者」に「裸木」。小津安二郎をモデルにした「小津もの」の代表作。七月、「新風土」に「魚常没前」。八月、小説集『裸木』（初版一二〇〇部）刊。

一九四〇年（昭和一五年）三九歳

一月、「文学者」に「鱗の話」。一一月、「現代文学」に「昨日」。

一九四一年（昭和一六年）四〇歳

三月、「新風土」に「転失業挿話」。六月、「早稲田文学」に「尾花屋」。

一九四二年（昭和一七年）四一歳

四月、「早稲田文学」に「蠟燭」。五月、日本文学報国会が創立され、会員となる。八月、

「月刊文章」に「蕾」。一〇月、「日曜会」の旅行で宇野浩二らと箱根底倉温泉に出掛ける。一二月、「現代文学」に「山歩き」。

一九四三年（昭和一八年）四二歳

一月、「早稲田文学」に「宮小路」（のち「女師匠」と改題）。二月一〇日に築地・芳蘭亭で開かれた「日曜会」一〇周年記念会に田畑修一郎・中野重治・徳永直らと出席。三月、同盟通信社の仕事を失い、生活に窮する。六月、川端康成編集の「八雲」第二輯に「落穂」。久し振りに一枚五円の稿料を得る。七月二三日、盛岡で田畑修一郎が急逝。告別式に宇野浩二らと参列。九月、「早稲田文学」に「田畑君哀悼」。「現代文学」に「麦」。一〇月末、数年ぶりで森川町の徳田秋声宅へ赴き、病に伏せる秋声と最後の対面を果たす。一一月一八日未明に徳田秋声死去。二一日正午から青山斎場で営まれた日本文学報国会小説部会葬に参列。

一九四四年（昭和一九年）四三歳

一月、ほとんど無収入という状態で新年を迎え、食パンや駅弁を掠め取るような真似をせざるを得なくなる。「新潮」に「徳田秋声氏のことども 先生の死面」。「早稲田文学」に「文学の故郷」。八月、母・ユキが喉に痰をつまらせて逝去（享年六五歳）。喪主としてささやかな野辺送りをする。九月上旬、海軍の運輸部工員として徴用され、横須賀で荷物運搬の仕事に従う（日給一円）。栄養を欠いていた体が肥えるようになる。一〇月末、宇野浩二・中山義秀・真杉静枝・小山書店の加納正吉らが、海軍運輸部の宿舎を来訪。

一九四五年（昭和二〇年）四四歳

二月中旬、運搬夫五〇余名の内、長太郎を含む約三〇名が父島に派遣される。父島では作業中にドラム缶を落とし、右足の関節を痛める。『万葉集』を読み、歌を作る。空襲にも度々遭う。「新文学」に「木の芽」。八月一五日、終戦。一一月、千歳丸に乗り帰還。足の治療のため、はじめ横須賀、次いで沼津の病院に入院。一二月、沼津の病院を退院し、再び小田原の物置小屋へ入る。

一九四六年（昭和二一年）　四五歳

一月、鎌倉の川端康成宅で、川端家を初めて訪問した三島由紀夫と遭遇。三島は長太郎を魚商と勘違いする。三月、宇野浩二の推挽で「新生」に「しらみ懺悔」。「早稲田文学」に「徴用一年半」。四月、片瀬町に赴き、武田麟太郎の葬儀に参列（2日）。五月、「文芸」に「徴用行」。「新文学」に「野宿」。七月、「言論」に「ぬかるみ―父島の記録」。一〇月、川端康成の勧めで「人間」に「父島」。「文明」に「若い頃」。

一九四七年（昭和二二年）　四六歳

二月、「民主文化」に「女給」。四月、「縮図」第一輯に「身の末」。五月、戦後第一回「日曜会」が銀座・天國で開かれ、渋川驍と宇野浩二を囲む（18日）。「新文学」に「繊内」。六月、「光」に「恋の果」。八月、作品集『売笑婦』刊。「新文芸」に「浮浪」。一〇月、「文明」に「別れた女」。一二月、「日本小説」に「蛇屋」。

一九四八年（昭和二三年）　四七歳

二月、「浪漫」に「淫売婦」。「月刊読売」に「ダンサー」。四月、作品集『淫売婦』刊。六月、「女性のひろば」に「転変」。八月、「交通」に「雪とわたし」。九月、「世界文化」に「人足」。一〇月、「新潮」に「偽遺書」。この頃、人間不信、現世断念の想いが募り、スランプに陥る。「文潮」に「末日二題」。一一月、箱根湯本・清光園の湯殿で小津安二郎と遭遇か（4日）。作品集『恋の果』刊。「暖流」に「箒川」。

一九四九年（昭和二四年）　四八歳

一月、「風雪」に「蔭草」。八月三一日、キティ台風が関東を襲い、物置小屋側面のトタン

五、六枚が吹き飛ばされる。

一九五〇年（昭和二五年）四九歳

一月、「風雪」に「捨猫」。三月、「別冊文芸春秋」に「抹香町」。赤線地帯の女性達を描いた「抹香町もの」の最初の作品。四月、「新潮」に「夜の家にて」。六月、「風雪」に「隣人」。「作品」に「へんな恋」。七月、「群像」に「帰国」。「文学界」に「ひかげの宿」。「小説新潮」に「路傍」。八月、「新潮」に「無縁」。九月、「別冊小説新潮」に「地下水」。一〇月、「文芸春秋 秋の増刊 秋灯読本」に「恋敵小津安二郎」。一一月、「文学界」に「何処へ」。「小説公園」に「女優」。

一九五一年（昭和二六年）五〇歳

一月、「別冊小説新潮」に「山茶花」。加藤一夫が逝去（25日）。葬儀に参列する。四月、「小説新潮」に「尻軽女」。「文学界」に「脱走兵」（のち「白い野獣」と改題）。「小説公園」に「したづみの花」。五月、「新潮」に「亡びの歌」。「別冊小説新潮」に「赤い馬車」。八月、「温泉」に「芦の湖畔まで」。九月、「別冊小説新潮」に「逃亡兵」。一〇月、「別冊文芸春秋」に「競輪と淫売婦と」。「別冊小説公園」に「酒の花」。一一月、「小説新潮」に「童貞」。この年、小田原競輪場通いが始まる。穴狙いの車券買いが中心で、一九六七年に脳出血で倒れるまで続く。

一九五二年（昭和二七年）五一歳

二月、「群像」に「盲目」。「小説新潮」に「女客」。三月、「小説公園」に「浮草」。四月、「新潮」に「ひかげ咲き」。七月、小田原市早川・久翁寺で開かれた福田正夫の納骨式と「福田正夫を偲ぶ会」に出席。八月、「小説公園」に「青木町通り」。一〇月、「文学界」に「鳳仙花」。「小説新潮」に「宮町通り」。「小説朝日」に「好きな女」。一二月、「別冊文芸春秋」に「金魚草」。

一九五三年（昭和二八年）五二歳

二月、「新潮」に「軍用人足」。「小説新潮」に「流浪」。「小説公園」に「たそがれの花」。四月、「群像」に「伊豆の街道」。「文学界」に「竹七と二人の淫売婦」。「別冊文芸春秋」に「晩花」。五月、「小説新潮」に「色乞食」。六月、「別冊文芸春秋」に「淡雪」。七月、「群像」に「色めくら」。八月、「新潮」に「日曜画家」。「別冊文芸春秋」に「蜩」。九月、「小説公園」に「夜の素描」。「別冊小説新潮」に「老嬢」。一一月、「小説新潮」に「東京にて」。一二月、「文学界」に「唐もろこし」。

一九五四年（昭和二九年）　五三歳

一月、小説集『抹香町』刊。「別冊小説新潮」に「落日紅」。二月、「群像」に「外道」。「別冊文芸春秋」が「灯なき小舎の作家川崎長太郎アルバム」（カメラ・田沼武能、文・宇野浩二）を特集。三月、小説集『伊豆の街道』刊。NHK第一ラジオ「朝の訪問」に出演（2日）。東京ステーションホテルで「日曜会」主催「川崎長太郎作品集「抹香町」「伊豆の街道」出版記念会」開催（16日）。司会は中山義秀と渋川驍で、宇野浩二以下七六名が出席。久保田万太郎、舟橋聖一、伊藤整、尾崎一雄、上林暁、高橋新吉、北原武夫、田辺茂一、白洲正子らがテーブル・スピーチを行い、川端康成、壺井繁治らの祝電も披露される。四月、「別冊文芸春秋」に「女色転々」。「別冊小説新潮」に「魚見崎」。五月、「小説新潮」に「隅田川」。「文学界」が「川崎長太郎文学」を特集。同誌に「政治的無関心派—わが保身の術」。六月、「小説公園」に「秋の記録」。「増刊 群像」に「女の歴史」。「週刊サンケイ」（13日）が「川崎長太郎ブーム」を特集。七月、「新潮」に「褪色記」。「別冊小説新潮」に「山桜」。八月、「新潮」に「麦秋」。「小説新潮」に「鯉子」。「文芸」に「自叙伝」（11月まで）。「別冊文芸春秋」に「野良犬」。一〇月、「群像」に「壕掘り達」。「新潮」に「小説徳田秋声」。「婦人公論」に「顔」。「別冊小説新潮」に「多少の縁」。一二月、「文学界」に「放浪児」。

一九五五年（昭和三〇年）　五四歳

一月、「別冊小説新潮」に「高原にて」。二月、前年からの長太郎ブームは、勢いのある伊藤整ブームとは対照的に消えかかる。「新潮」に「入り海」。三月、「小説公園」に「春の記録」。四月、「新潮」に「旧街道」、「新潮と私」。「別冊小説新潮」に「真鶴岬」。「別冊文芸春秋」に「花影」。七月、小説集『抹香町』刊。「別冊小説新潮」に「雨模様」。八月、「小説公園」に「片しぐれ」。「新潮」に「売春について一作家の意見」。一〇月、「別冊小説新潮」に「ちぎれ雲」。

一九五六年（昭和三一年）　五五歳

一月、「文芸」に「嘘」。「小説公園」に「ある求婚者」。「別冊小説新潮」に「通い妻」。四月、「小説新潮」に「孤児」。六月、「小説新潮」に「浮草」。七月、「別冊小説新潮」に「たそがれの色」。「新潮」に「競輪太公望談義」。八月、「新潮」に「青草」。九月、「群像」に「女に関する断片」。一〇月、「別冊小説新潮」に「水草」。「新潮」に「私小説作家の立場」。一二月、随筆集『やもめ貴族』刊。「小説新潮」に「黄草」。

一九五七年（昭和三二年）　五六歳

一月、小説集『浮草』刊。「群像」に「硬太りの女」。二月、作品集『女のいる自画像』刊。「新潮」に「火遊び」。三月、「小説新潮」に「再会」。四月、選集『色乞食』刊。「別冊小説新潮」に「ある妾の生涯」。六月、「小説公園」に「宮小路の芸者」。七月、「小説新潮」に「夜来香」。「別冊小説新潮」に「外交員」。八月、「新生活」に「蓼科風景」、座談会「俺の女房は何処にいる?」（岡本太郎・古賀政男・田辺茂一らと）。「別冊週刊サンケイ」（25日）に「老娼婦」。一〇月、「別冊小説新潮」に「尼僧」。一一月、作品集『晩花』刊。「群像」に「晩花」。一二月、「キング」に「ある大男の一生」。

一九五八年（昭和三三年）　五七歳

一月、「新潮」に「わが新しき人生―売春防止法に因んで」。「別冊小説新潮」に「ある娼婦の場合」（のち「ある娼婦の行方」〈八月の「小説新潮」〉と併せて「娼婦」と改題）。四月、売春防止法施行（1日）。「群像」に「消える抹香町」。「小説新潮」に「晩霜」。七月二二日夜、台風一一号によって物置小屋のトタン屋根が半分近く吹き飛ばされ、空き家になっていた母屋の方へ移る。八月、「新潮」に「あじさゐ」。「小説新潮」に「ある娼婦の行方」。一〇月、「別冊小説新潮」に「二畳と十畳」。

一九五九年（昭和三四年）　五八歳

一月、「別冊小説新潮」に「白狐」。「近代文学」に「ジャーナリズムと私の関係」。二月、「群像」に「流浪」。作品集『流浪』刊（本書に「娼婦」〈初出〉）。四月、「別冊小説新潮」に「こんな女」。五月、弟・正次が小田原市会議員になる（一九八七年四月まで連続七期務める）。書き下ろし長篇『女のいる暦』刊。七月、「別冊小説新潮」に「市議選挙挿話」。一〇月、「別冊小説新潮」に「露草」。一一月、「群像」に「永井荷風」。

一九六〇年（昭和三五年）　五九歳

一月、「別冊小説新潮」に「ばか尾根」。五月、「群像」に「徳田秋声の周囲」。晩秋、中山義秀と病床にある宇野浩二を見舞う。一〇年ぶりに近い宇野宅訪問で、別れの折には胸にこみ上げるものがあった。

一九六一年（昭和三六年）　六〇歳

二月、「群像」に「夕雲」。「風景」に対談「灯火は消えても」（吉行淳之介と）。八月二日、外村繁の死を知り、慌てて阿佐ヶ谷の外村宅を訪問。初七日の供養に立ち会う。九月二一日、宇野浩二が逝去。二三日に行われた通夜と二六日に青山葬儀所で営まれた葬儀に参列。同月、「小説新潮」に「身の上」。一一月、「群像」に「宇野浩二さん」。「文学界」に宇野の死を悼む「文学の恩人」。「春の日」に「外村君の死」。一二月、「群像」に「老残」。

一九六二年（昭和三七年）六一歳

三月、「新潮」に「一粒の麦―私小説の四十年」。五月、「新潮」に「彼」。長太郎自身、「一寸型破りの私小説」と考えた作品。七月、大阪の人・東千代子（31歳）と結婚。旅館「つるや」の別館二階（小田原市中里四〇二）に間借りして住む。結婚に至るまでは、年齢や精神的肉体的距離について悩む。「風景」に「晩春」。八月、「新潮」に「或る女」。妻をモデルにした最初の作品。九月、「文芸春秋」に「老いらくに妻を娶らば」。「群像」に「やもめ爺と三十後家の結婚」（のち「結婚」と改題）。東京ステーションホテルで行われた宇野浩二の一周忌に出席（20日）。一〇月、「新潮」に「衾」。一一月、「小説新潮」に「円い食卓」。

一九六三年（昭和三八年）六二歳

二月、「新潮」に「ある女流作家の一生」。四月、「群像」に座談会「私小説作家の精神」（尾崎一雄・滝井孝作らと）。「小説現代」に「縁は異なもの」。五月、「小説新潮」に「箱根路」。六月、「群像」に「家」。八月、「新潮」に「夫婦の会話」。「文芸春秋」に「女房」。九月、川崎長太郎・上林暁・渋川驍編『宇野浩二回想』刊。「小説現代」に「かんざし」。一一月、「小説新潮」に「ある板前の話」。

一九六四年（昭和三九年）六三歳

二月、「群像」に「板屋根」。「小説現代」に「春の目覚め」。三月、「婦人生活」に「とびこんできた愛しき妻と」。五月、大阪在住の妻の親戚を訪ねた後、南紀を旅行。七月、「風景」に「斜塔」。八月、「群像」に「船頭小路」。一〇月、「群像」に「尾崎一雄」。一二月、「小説現代」に「三叉温泉」。

一九六五年（昭和四〇年）六四歳
一月、「新潮」に「始と終」。四月、「神奈川新聞」（25日）に「西相今昔」（8月1日まで）。六月、「小説新潮」に「いれずみ」。八月、「小説新潮」に「残り火」。九月、「小説現代」に「都塵」。一〇月、「群像」に「ふっつ・とみうら」。

一九六六年（昭和四一年）六五歳
二月、「新潮」に「中山義秀」。五月、「新潮」に「うろこの記録」。九月、「群像」に「温泉場案内」。「風景」に「髭」。「小説新潮」に「くやしい過去―秋声と順子と私」。

一九六七年（昭和四二年）六六歳
二月、中旬に軽い脳出血で倒れ、林病院に入院。以後右半身不随となるが、リハビリに励んだ結果、杖なしで歩けるようになる。ただし医者からは二回目が来たら危ないと警告される。「小説現代」に「羽搏きの記」。三月、月末に病院を退院。四月、「別冊小説新潮」に「巣立ち」。八月、「小説新潮」に「若鮎」。

一九六八年（昭和四三年）六七歳
三月、「群像」に「海浜病院にて」。

一九六九年（昭和四四年）六八歳
八月二〇日、鎌倉・極楽寺の自宅で営まれた中山義秀の通夜に列席。秋、同じ敷地内だが、独立した平家建てに転居。一〇月、「別冊小説新潮」に「谷の一軒宿まで」。「群像」に「義秀さんのこと」。一二月、「群像」に「忍び草」。「風景」に対談「人生の歳末」（八木義徳と）。

一九七〇年（昭和四五年）六九歳
五月、「早稲田文学」に「海のほとり」。九月、「群像」に「故旧」。一一月、「風景」に「汐風の町」。

一九七一年（昭和四六年）　七〇歳
五月頃、物置小屋が取り壊される。六月、初めて自宅に電話を設置。七月、「群像」に「日没前の記」。八月、「オール読物」に「中山義秀—小田原・箱根に於ける」。秋、「海」の編集長が訪問。原稿依頼が途絶える危機に瀕していたため、入魂の作品を執筆。
一九七二年（昭和四七年）　七一歳
一月、「海」に「七十歳」。二月、「群像」に「路傍」。四月、「海」に「漂流」。「週刊小説」（28日）に「玉の井行」。七月、「海」に「埴輪の目」。八月、作品集『忍び草』刊。一〇月、「風景」に「山国行」。
一九七三年（昭和四八年）　七二歳
一月、「海」に「幾歳月」。二月、「朝日新聞」夕刊（3日）に「柿の木と山鳩」。三月、「群像」に「島へ」。四月、「別冊小説新潮」に「老坂」。六月、「海」に「一夜の宿」。八月、「風景」に「過保護—ある告白」。九月、作品集『幾歳月』刊。一〇月、「海」に「乾いた川」（のち「乾いた河」と改題）。「別冊小説新潮」に「痩せた女」。
一九七四年（昭和四九年）　七三歳
一月、「週刊朝日」（18日）に「三本脚」。二月、「海」に「谷間」。五月、「海」に「町はずれ」。「群像」に「今昔」。一一月、「海」に「花火」。
一九七五年（昭和五〇年）　七四歳
一月、「海」に「肉親」。一〇月、「群像」に「遠雷」。
一九七六年（昭和五一年）　七五歳
一月、「海」に「冬」。四月、「群像」に「旅先」。七月、「海」に「さざん花」。一二月、「すばる」に「ある女の独白」。
一九七七年（昭和五二年）　七六歳
二月、「海」に「日没前」。六月、作品集『乾いた河』刊。八月、「海」に「つゆ草」。九月、「群像」に「墓まいり」。一〇月、第二五回菊池寛賞を受賞。「すばる」に「ある娼婦の独白」。一一月、ホテルオークラで開催された菊池寛賞贈呈式に出席（9日）。随想集『もぐら随筆』刊。一二月、作品集『つゆ草』刊。

一九七八年（昭和五三年）　七七歳

一月、風邪による高熱のため、救急車で小田原旧市内の小澤病院に入院。六〇年喫って来た煙草を止める。「海」に対談「「髄」を描く―徳田秋声と宇野浩二」（水上勉と）。二月、「海」に「晩秋」。六月、作品集『抹香町』刊。七月、「海」に「ある男の告白」（のち「ある男」と改題）。九月、「群像」に「亡友」。一一月、第二七回神奈川文化賞を受賞。

一九七九年（昭和五四年）　七八歳

一月、「神奈川新聞」（1日）に「週言」（12月17日まで。題字も）。二月、「海」に「海に近い家」。五月、「文芸」に「淡雪」。七月、「群像」に「独語」。九月、「文体」に「一泊旅行」。一〇月、「文芸」に「「赤と黒」回想―自伝風に」。一二月、「すばる」に「月夜」。

一九八〇年（昭和五五年）　七九歳

一月、「新潮」に「浮雲」。二月、「海」に「ある生涯」。三月、『川崎長太郎自選全集』全五巻刊行開始（7月まで）。「文芸」に「早稲田の下宿時代―歩いた路」。五月、作品集『淡雪』刊。「文芸」に「「文芸復興」期前―歩いた路」。東京12チャンネルで「人に歴史あり　川崎長太郎・ロウソクの炎に人生を見つめて」が放送される（28日）。ゲストは野口冨士男と井上和男。七月、「文芸」に「同人雑誌時代―歩いた路」。八月、「海」に「お花の身の上」。九月、「文芸」に「海辺の小屋から―歩いた路」。一一月、小田原市文化功労者として表彰される。「文芸」に「戦後―歩いた路（最終回）」。「群像」に上林暁の死を悼む「私小説の第一人者」。「文芸」に「上林暁君のこと」。「海」に対談「私小説のながれ」（尾崎一雄と）。

一九八一年（昭和五六年）　八〇歳

一月、「群像」に「途上」。「文芸」に「雨」。二月、自伝エッセイ『歩いた路』刊。三月、『自選全集』の刊行により第三二回芸術選奨文部大臣賞を受賞。四月、野口冨士男の推挙で日本文藝家協会名誉会員になる。八月、「すばる」に「地下水」。九月、「新潮」に「ゆきずり」。一〇月、「海」に「断片」。「文芸」に対談「作家の姿勢」（吉行淳之介と）。一一月、長篇『地下水』刊。一二月、初旬に小田原市立病院で二回にわたり白内障の手術を受ける。

一九八二年（昭和五七年）　八一歳

一月、「文芸」に「鷗」。「早稲田文学」に「私生活にめげず　上林暁君の場合と私」。三月、「海」に「夕映え」。六月、「文芸」に「流浪」。八月、「新潮」に「私小説家」。一一月、「新潮」に「暦」。

一九八三年（昭和五八年）　八二歳

一月、「海」に「姪」。二月、「群像」に「みちづれ」。三月、「文学界」に「甥」。尾崎一雄が急逝（31日夜）。そのショックから体調を崩し、入退院を繰り返すようになる。四月、作品集『裸木』刊。「新潮」に「鳥打帽」。六月、「新潮」に「尾崎君逝く」。「群像」に「尾崎君の代表作」。「文学界」に「尾崎君のこと」。「文芸」に「同人雑誌仲間」。「海」に「通夜の記」。七月、脳梗塞で倒れ、小田原市立病院に入院。以後、亡くなるまで闘病生活を送る。九月、作品集『夕映え』刊。「海」に「死に近く」。この作品は入院先の病院で完成された最後の小説。

一九八五年（昭和六〇年）

一一月六日午後六時二五分に肺炎のため、入院先の小田原市立病院で死去（享年八三歳）。一一日午後六時に通夜が、一二日正午に葬儀・告別式が無量寺で行われ、小田原市長の弔辞の後、野口冨士男、渋川驍、水上勉が別れの言葉を述べる。葬儀には約二〇〇人が参列。一二月一五日、静岡・富士霊園「文学者之墓」に納骨。なお、長太郎は生涯無宗教であった。

一九八六年（昭和六一年）
一月、「群像」が追悼特集を組む。二月一三日、「だるま」で「川崎長太郎を偲ぶ会」が行われ、水上勉、中野孝次ら一〇〇名程が出席。三月、「新潮」に「漂泊の歌」（生前未発表）。

一九八七年（昭和六二年）
一一月六日、銀座・資生堂パーラーで三回忌にちなんだ「しのぶ会」を開催、川村二郎・野口冨士男らが出席。

一九八九年（昭和六四・平成元年）
五月、小田原市郷土文化館分館松永記念館で特別展「尾崎一雄・川崎長太郎展―小田原の文学風土が生んだ私小説作家」開催（27日より翌月11日まで）。

一九九一年（平成三年）
一一月、吉行淳之介編『川崎長太郎選集』（上・下）刊。小田原市早川の早川観音（真福寺）に文学碑建立。『私小説家　川崎長太郎』（川崎長太郎文学碑を建てる会）刊。

一九九二年（平成四年）
一一月、小田原市千度小路に「川崎長太郎小屋跡碑」建立。

一九九七年（平成九年）
一二月、季刊「アーガマ」が「川崎長太郎その世界」を特集。

一九九八年（平成一〇年）
一一月、小田原文学館で、長太郎の足跡をしのぶ特別展「小田原・散歩みち」開催、生原稿や愛用品が展示される（30日まで）。萩原葉子と秋山駿が記念講演を行う。

二〇〇五年（平成一七年）

一〇月、小田原文学館で第一二回小田原文学館特別展「私小説家 川崎長太郎 二十年目の追悼」開催（翌月まで）。平出隆が記念講演を行う。

二〇一〇年（平成二二年）

七月、「彷書月刊」が「川崎長太郎のうたごえ」を特集。

二〇一四年（平成二六年）

三月、『姫の水の記』刊。一一月、小田原市の報徳博物館で「小田原文学館　第7回西海子サロン　没後30年川崎長太郎」開催（1日）。宮田毬栄の講演と長太郎を知る市民のトークが行われる。

本略年譜では、川崎長太郎の著書の出版社名は「著書目録」に譲り、省略した。また、『老残／死に近く』所収の「年譜」に若干の増訂を行った。

（齋藤秀昭編）

著書目録

川崎長太郎

【単行本】

民情（詩集）　大10・4　民情詩社
路草　文座書林文学全書　昭9・2　文座書林
朽花　昭12・5　砂子屋書房
裸木　昭14・8　砂子屋書房
売笑婦　手帖文庫　昭22・8　地平社
淫売婦　昭23・4　岡本書店
恋の果　昭23・11　小山書店
抹香町　昭29・1　大日本雄弁会講談社
伊豆の街道　昭29・3　大日本雄弁会講談社
やもめ貴族　昭31・12　宝文館
女のいる自画像　昭32・2　宝文館
色乞食　昭32・4　宝文館
晩花　昭32・11　宝文館
流浪　昭34・2　文芸評論新社
女のいる暦　昭34・5　文芸評論新社
忍び草　昭47・8　中央公論社
幾歳月　昭48・9　中央公論社
乾いた河　昭52・6　中央公論社
もぐら随筆　昭52・11　エポナ出版
つゆ草　昭52・12　文芸春秋
抹香町　昭53・6　エポナ出版
淡雪　昭55・5　新潮社
歩いた路　昭56・2　河出書房新社

地下水　昭56・11　集英社
裸木　昭58・4　成瀬書房
夕映え　昭58・9　河出書房新社
姫の水の記　平26・3　東京パブリッシングハウス

【全集・選集類】（文庫のアンソロジー含む）

川崎長太郎自選全集（全5巻）　昭55・3～7　河出書房新社
川崎長太郎選集（上・下）　平3・11　河出書房新社
日本小説代表作全集9　昭18・1　小山書店
八雲　第二輯　昭19・4　小山書店
現代珠玉集　第二輯　昭22・7　鳳文書林
現代作家選集　秋声文学碑建設記念　下　昭23・5　桃李書院
日本小説代表作全集16　昭23・8　小山書店
日本小説代表作全集17　昭23・11　小山書店
現代日本文学選集Ⅶ　昭25・3　細川書店
創作代表選集6　昭25・10　大日本雄弁会講談社
現代日本小説大系57　昭27・10　河出書房
創作代表選集11　昭28・4　講談社
年刊日本文学　昭和27年度　昭28・4　筑摩書房
昭和文学全集53　昭30・2　角川書店
現代日本小説大系59　昭32・1　河出書房
現代日本文学全集85　昭32・12　筑摩書房
現代日本文学全集88　昭33・8　筑摩書房
日本文学全集71　昭39・12　新潮社
日本現代文学全集84　昭40・9　講談社
現代文学大系65　昭43・5　筑摩書房
日本文学全集53　昭44・11　集英社
日本短篇文学全集28　昭45・6　筑摩書房

日本の文学80　昭45・10　中央公論社
文学選集36　昭46・6　講談社
近代文学評論大系5　昭47・4　角川書店
叢刊日本文学における美と情念の流れ4　愛慾　昭48・2　現代思潮社
現代日本文学大系49　昭48・2　筑摩書房
現代の小説一九七三年度前期代表作　昭48・11　三一書房
現代の小説一九七三年度後期代表作　昭49・5　三一書房
現代作家掌編小説集下　昭49・8　朝日ソノラマ
日本文学全集53　豪華版　昭50・4　集英社
独白の翳り　現代小説ベスト10　1973年版　昭52・9　角川文庫
文学1978　昭53・4　講談社
現代短編名作選3　昭54・12　講談社文庫
日本現代文学全集84　昭55・5　講談社
増補改訂版
文学1983　昭58・4　講談社
近代作家研究叢書37　志賀直哉研究　昭59・9　日本図書センター
日本の名随筆24　茶　昭59・10　作品社
日本の名随筆34　老　昭60・8　作品社
日本の名随筆55　葬　昭62・5　作品社
日本プロレタリア文学集38　昭62・5　新日本出版社
日本随筆紀行5　昭62・10　作品社
日本の名随筆65　桜　昭63・3　作品社
日本随筆紀行10　昭63・10　作品社
日本文学研究資料新集25　宇野浩二と牧野信一―夢と語り　昭63・10　有精堂
昭和文学全集14　昭63・11　小学館
モダン都市文学8　平2・11　平凡社
国民文芸会会報　昭和期文学・思想文献資料集成　第9輯　平3・2　五月書房

近代作家追悼文集成29　平4・12　ゆまに書房
永井荷風『濹東綺譚』作品論集成1　平7・3　大空社
ふるさと文学館18　平7・8　ぎょうせい
編年体大正文学全集12　平14・10　ゆまに書房
戦後短篇小説再発見12　平15・6　講談社文芸文庫
文芸誌「海」精選短篇集　平18・10　中公文庫
文芸誌「海」精選対談集　平18・10　中公文庫
百年文庫94銀　平23・9　ポプラ社
コレクション 戦争と文学15 戦時下の青春　平24・3　集英社

【編著】
宇野浩二回想　昭38・9　中央公論社

【新書】
抹香町（解＝北原武夫）　昭30・7　講談社ミリオン・ブックス
浮草　昭32・1　講談社ミリオン・ブックス

【文庫】
抹香町・路傍（解＝秋山駿、年・著＝保昌正夫、参＝西野浩子・保昌正夫）　平9・8　講談社文芸文庫
鳳仙花（解＝川村二郎、年・著＝保昌正夫、参　平10・7　講談社文芸文庫

=西野浩子・保昌正夫）

もぐら随筆（解=平出隆、年・著=保昌正夫）　平18・6　講談社文芸文庫

老残／死に近く 川崎長太郎老境小説集（代=川崎千代子、解=いしいしんじ、年・著=齋藤秀昭）　平25・12　講談社文芸文庫

【文庫】及び【新書】の（　）内の略号は、代=著者に代わって読者へ、解=解説、年=年譜、著=著書目録、参=参考文献を示す。

（作成・齋藤秀昭）

本書収録の十作品のうち、五篇は左に示した刊本を底本とし、残り五篇は初出誌を底本としました。収録十作品の初出は、それぞれの末尾に明示しました。なお底本にある表現で、今日からみれば不適切と思われるものがありますが、作品の発表された時代背景、作品の文学的価値などを考慮し、底本のままとしました。よろしくご理解のほどお願いいたします。

玩具　『売笑婦』（地平社、一九四七年八月）
鬟　同右
泡　同右
手　同右
裸木　『川崎長太郎選集』上巻（河出書房新社、一九九一年十一月）

泡《あわ》／裸木《はだかぎ》　川崎《かわさき》長《ちょう》太郎《たろう》花街《はなまち》小説集《しょうせつしゅう》

川崎《かわさき》長《ちょう》太《た》郎《ろう》

二〇一四年一一月一〇日第一刷発行
二〇二二年八月一八日第二刷発行

発行者——鈴木章一
発行所——株式会社　講談社
東京都文京区音羽2・12・21　〒112-8001
電話　編集（03）5395・3513
販売（03）5395・5817
業務（03）5395・3615

デザイン——菊地信義
印刷——株式会社KPSプロダクツ
製本——株式会社国宝社
本文データ制作——講談社デジタル製作

定価はカバーに表示してあります。

講談社
文芸文庫

ISBN978-4-06-290249-6

講談社文芸文庫

加賀乙彦 ― 帰らざる夏　リービ英雄―解／金子昌夫―案
葛西善蔵 ― 哀しき父|椎の若葉　水上 勉―解／鎌田 慧―案
葛西善蔵 ― 贋物|父の葬式　鎌田 慧―解
加藤典洋 ― アメリカの影　田中和生―解／著者―年
加藤典洋 ― 戦後的思考　東 浩紀―解／著者―年
加藤典洋 ― 完本 太宰と井伏 ふたつの戦後　與那覇 潤―解／著者―年
加藤典洋 ― テクストから遠く離れて　高橋源一郎―解／著者・編集部―年
加藤典洋 ― 村上春樹の世界　マイケル・エメリック―解
金井美恵子 - 愛の生活|森のメリュジーヌ　芳川泰久―解／武藤康史―年
金井美恵子 - ピクニック、その他の短篇　堀江敏幸―解／武藤康史―年
金井美恵子 - 砂の粒|孤独な場所で 金井美恵子自選短篇集　磯﨑憲一郎―解／前田晃一―年
金井美恵子 - 恋人たち|降誕祭の夜 金井美恵子自選短篇集　中原昌也―解／前田晃一―年
金井美恵子 - エオンタ|自然の子供 金井美恵子自選短篇集　野田康文―解／前田晃一―年
金子光晴 ― 絶望の精神史　伊藤信吉―人／中島可一郎―年
金子光晴 ― 詩集「三人」　原 満三寿―解／編集部―年
鏑木清方 ― 紫陽花舎随筆 山田肇選　鏑木清方記念美術館―年
嘉村礒多 ― 業苦|崖の下　秋山 駿―解／太田静一―年
柄谷行人 ― 意味という病　絓 秀実―解／曾根博義―案
柄谷行人 ― 畏怖する人間　井口時男―解／三浦雅士―案
柄谷行人編 - 近代日本の批評 I 昭和篇上
柄谷行人編 - 近代日本の批評 II 昭和篇下
柄谷行人編 - 近代日本の批評 III 明治・大正篇
柄谷行人 ― 坂口安吾と中上健次　井口時男―解／関井光男―年
柄谷行人 ― 日本近代文学の起源 原本　関井光男―年
柄谷行人・中上健次 ― 柄谷行人中上健次全対話　高澤秀次―解
柄谷行人 ― 反文学論　池田雄一―解／関井光男―年
柄谷行人・蓮實重彥 ― 柄谷行人蓮實重彥全対話
柄谷行人 ― 柄谷行人インタヴューズ 1977-2001
柄谷行人 ― 柄谷行人インタヴューズ 2002-2013　丸川哲史―解／関井光男―年
柄谷行人 ― [ワイド版]意味という病　絓 秀実―解／曾根博義―案
柄谷行人 ― 内省と遡行

▶解=解説 案=作家案内 人=人と作品 年=年譜を示す。 2022年7月現在

柄谷行人
浅田彰 ―柄谷行人浅田彰全対話
柄谷行人―柄谷行人対話篇Ⅰ 1970-83
柄谷行人―柄谷行人対話篇Ⅱ 1984-88
河井寛次郎-火の誓い　河井須也子-人／鷺 珠江――年
河井寛次郎-蝶が飛ぶ 葉っぱが飛ぶ　河井須也子-解／鷺 珠江――年
川喜田半泥子-随筆 泥仏堂日録　森 孝一――解／森 孝一――年
川崎長太郎-抹香町|路傍　秋山 駿――解／保昌正夫―年
川崎長太郎-鳳仙花　川村二郎―解／保昌正夫―年
川崎長太郎-老残|死に近く 川崎長太郎老境小説集　いしいしんじ-解／齋藤秀昭―年
川崎長太郎-泡|裸木 川崎長太郎花街小説集　齋藤秀昭―解／齋藤秀昭―年
川崎長太郎-ひかげの宿|山桜 川崎長太郎「抹香町」小説集　齋藤秀昭―解／齋藤秀昭―年
川端康成――草一花　勝又 浩――人／川端香男里-年
川端康成―水晶幻想|禽獣　高橋英夫―解／羽鳥徹哉―案
川端康成―反橋|しぐれ|たまゆら　竹西寛子―解／原 善――案
川端康成―たんぽぽ　秋山 駿――解／近藤裕子―案
川端康成―浅草紅団|浅草祭　増田みず子-解／栗坪良樹―案
川端康成―文芸時評　羽鳥徹哉―解／川端香男里-年
川端康成―非常|寒風|雪国抄 川端康成傑作短篇再発見　富岡幸一郎-解／川端香男里-年
上林暁――聖ヨハネ病院にて|大懺悔　富岡幸一郎-解／津久井 隆―年
木下杢太郎-木下杢太郎随筆集　岩阪恵子―解／柿谷浩一―年
木山捷平―氏神さま|春雨|耳学問　岩阪恵子―解／保昌正夫―案
木山捷平―鳴るは風鈴 木山捷平ユーモア小説選　坪内祐三―解／編集部――年
木山捷平―落葉|回転窓 木山捷平純情小説選　岩阪恵子―解／編集部――年
木山捷平―新編 日本の旅あちこち　岡崎武志―解
木山捷平―酔いざめ日記
木山捷平―[ワイド版]長春五馬路　蜂飼 耳――解／編集部――年
清岡卓行―アカシヤの大連　宇佐美 斉―解／馬渡憲三郎-案
久坂葉子―幾度目かの最期 久坂葉子作品集　久坂部 羊―解／久米 勲――年
窪川鶴次郎-東京の散歩道　勝又 浩――解
倉橋由美子-蛇|愛の陰画　小池真理子-解／古屋美登里-年
黒井千次―たまらん坂 武蔵野短篇集　辻井 喬――解／篠崎美生子-年
黒井千次選-「内向の世代」初期作品アンソロジー
黒島伝治―橇|豚群　勝又 浩――人／戎居士郎―年

講談社文芸文庫

群像編集部編-群像短篇名作選 1946～1969
群像編集部編-群像短篇名作選 1970～1999
群像編集部編-群像短篇名作選 2000～2014
幸田 文——ちぎれ雲　中沢けい—人／藤本寿彦—年
幸田 文——番茶菓子　勝又 浩——人／藤本寿彦—年
幸田 文——包む　荒川洋治—人／藤本寿彦—年
幸田 文——草の花　池内 紀——人／藤本寿彦—年
幸田 文——猿のこしかけ　小林裕子—解／藤本寿彦—年
幸田 文——回転どあ|東京と大阪と　藤本寿彦—解／藤本寿彦—年
幸田 文——さざなみの日記　村松友視—解／藤本寿彦—年
幸田 文——黒い裾　出久根達郎-解／藤本寿彦—年
幸田 文——北愁　群 ようこ—解／藤本寿彦—年
幸田 文——男　山本ふみこ-解／藤本寿彦—年
幸田露伴—運命|幽情記　川村二郎—解／登尾 豊——案
幸田露伴—芭蕉入門　小澤 實—解
幸田露伴—蒲生氏郷|武田信玄|今川義元　西川貴子—解／藤本寿彦—年
幸田露伴—珍饌会 露伴の食　南條竹則—解／藤本寿彦—年
講談社編——東京オリンピック 文学者の見た世紀の祭典　高橋源一郎-解
講談社文芸文庫編-第三の新人名作選　富岡幸一郎-解
講談社文芸文庫編-大東京繁昌記 下町篇　川本三郎—解
講談社文芸文庫編-大東京繁昌記 山手篇　森 まゆみ—解
講談社文芸文庫編-戦争小説短篇名作選　若松英輔—解
講談社文芸文庫編-明治深刻悲惨小説集 齋藤秀昭選　齋藤秀昭—解
講談社文芸文庫編-個人全集月報集 武田百合子全作品・森茉莉全集
小島信夫—抱擁家族　大橋健三郎-解／保昌正夫—案
小島信夫—うるわしき日々　千石英世—解／岡田 啓——年
小島信夫—月光|暮坂 小島信夫後期作品集　山崎 勉——解／編集部——年
小島信夫—美濃　保坂和志—解／柿谷浩——年
小島信夫—公園|卒業式 小島信夫初期作品集　佐々木 敦—解／柿谷浩——年
小島信夫—[ワイド版]抱擁家族　大橋健三郎-解／保昌正夫—案
後藤明生—挾み撃ち　武田信明—解／著者———年
後藤明生—首塚の上のアドバルーン　芳川泰久—解／著者———年
小林信彦—[ワイド版]袋小路の休日　坪内祐三—解／著者———年
小林秀雄—栗の樹　秋山 駿——人／吉田凞生—年

講談社文芸文庫

白洲正子——明恵上人　河合隼雄——人／森 孝一——年
白洲正子——十一面観音巡礼　小川光三——人／森 孝一——年
白洲正子——お能｜老木の花　渡辺 保——人／森 孝一——年
白洲正子——近江山河抄　前 登志夫——人／森 孝一——年
白洲正子——古典の細道　勝又 浩——人／森 孝一——年
白洲正子——能の物語　松本 徹——人／森 孝一——年
白洲正子——心に残る人々　中沢けい——人／森 孝一——年
白洲正子——世阿弥 ——花と幽玄の世界　水原紫苑——人／森 孝一——年
白洲正子——謡曲平家物語　水原紫苑——解／森 孝一——年
白洲正子——西国巡礼　多田富雄——解／森 孝一——年
白洲正子——私の古寺巡礼　高橋睦郎——解／森 孝一——年
白洲正子——［ワイド版］古典の細道　勝又 浩——人／森 孝一——年
鈴木大拙訳-天界と地獄 スエデンボルグ著　安藤礼二——解／編集部——年
鈴木大拙——スエデンボルグ　安藤礼二——解／編集部——年
曽野綾子——雪あかり 曽野綾子初期作品集　武藤康史——解／武藤康史——年
田岡嶺雲——数奇伝　西田 勝——解／西田 勝——年
高橋源一郎-さようなら、ギャングたち　加藤典洋——解／栗坪良樹——年
高橋源一郎-ジョン・レノン対火星人　内田 樹——解／栗坪良樹——年
高橋源一郎-ゴーストバスターズ 冒険小説　奥泉 光——解／若杉美智子——年
高橋たか子-人形愛｜秘儀｜甦りの家　富岡幸一郎-解／著者——年
高橋たか子-亡命者　石沢麻依——解／著者——年
高原英理編-深淵と浮遊 現代作家自己ベストセレクション　高原英理——解
高見 順——如何なる星の下に　坪内祐三——解／宮内淳子——年
高見 順——死の淵より　井坂洋子——解／宮内淳子——年
高見 順——わが胸の底のここには　荒川洋治——解／宮内淳子——年
高見沢潤子-兄 小林秀雄との対話 人生について
武田泰淳——蝮のすえ｜「愛」のかたち　川西政明——解／立石 伯——案
武田泰淳——司馬遷—史記の世界　宮内 豊——解／古林 尚——年
武田泰淳——風媒花　山城むつみ-解／編集部——年
竹西寛子——贈答のうた　堀江敏幸——解／著者——年
太宰 治——男性作家が選ぶ太宰治　編集部——年
太宰 治——女性作家が選ぶ太宰治
太宰 治——30代作家が選ぶ太宰治　編集部——年